Sommar med Midsomer

SOMMAR MED MIDSOMER

av
Margareta Björndahl

Omslagfoto: Margareta Björndahl

Margareta Björndahl: Sommar med Midsomer

© Margareta Björndahl 2023
margaretabjorndahl35@gmail.com

Förlag: BoD – Books on Demand, Stockholm, Sverige
Tryck: BoD – Books on Demand, Norderstedt, Tyskland
ISBN: 978-91-7699-369-9

INNEHÅLL

RE-READING

Det är försommar när jag skriver det här, tulpaner och krokusar är för länge sedan överblommade. De stora magnoliaträdens blommor har fallit till marken och multnat. De första rosorna tävlar med varandra i att slå ut först och få största blommor. Paradisbusken är täckt av rosa blommor i stora knippen. Gullregnets kronblad ligger som en gul matta vid ingången. Våren är över, sommaren har ännu inte börjat.

Jag sitter på min rollator i trädgården och lyssnar på kvällens allt svagare ljud. Gråsparvarna tjattrar som om de läser godnattsagor för sina ungar. Tankarna flyger som de vill tills de fastnar för en idé. Jag har oroat mig för sommaren och ensamheten när restaurangen är stängd och grannarna osynliga. Jag vet hur det blir. Man kommer överens om att träffas men det blir aldrig av. Dagarna går och alla har sina engagemang nu och då, här och där. Min idé den här kvällen är: Tänk om jag skulle grotta ner mig i *Morden i Midsomer*? Om jag skulle satsa på det som sommarprojekt istället för att hänga framför tv:n? Meningslöst? Kanske det! Men varför inte?

Så gör jag en mapp på datorn. Jag fixar några tomma dokument, ett för listorna, det blir nog flera, ett för brödtexten, ett annat för människorna och ytterligare ett för miljön. Jag är igång. Sommaren kan börja.

Nästa dag tar jag min klippbok, penna och färgpennor. Jag sätter mig vid ett bord i trädgården och jag gör mindmapping, en tankekarta. De olika ingångsområdena förgrenar sig och jag omringar grenarna i olika färger. Så växer dispositionen fram och jag upptäcker hur mycket jag inte vet. Nästa gång jag ser en *Morden i Midsomer*-film har jag mycket att söka efter, saker jag inte tänkt på förut. Jag tar fram en anteckningsbok som jag kallar Re-Reading och jag börjar skriva ner titlarna på alla Midsomerfilmer. Tack Google! Projektet växer för varje dag. Det blir alltmer spännande. Jag upptäcker infallsvinklar som jag tidigare inte tänkt på eller ens upptäckt. Och jag börjar se om avsnitten, jag börjar med den första filmen och fortsätter dagen efter med den andra. Jag kommer förmodligen inte att hinna se alla filmerna i sommar, tänker jag, och jag kommer inte att ha tillgång till alla avsnitten (senare under sommaren fann jag att samtliga avsnitt låg på Via Play). Vet inte om jag tidigare sett samtliga avsnitt eftersom jag inte bokfört dem. Jag har alltid gillat den här serien men har inte studerat den närmare, inte sökt fakta om den, inte betygsatt avsnitten och inte lagt titlarna på minnet.

Jag vill gärna ha ett sommarprojekt! Det är utvecklande att satsa på ett område under en begränsad tid. Det första jag satsade på var när jag var ganska ung. Jag var ensam med Lotta, Anders var död och vi var i Örebro och bodde i lägenheten på Järnvägsgatan. På dagarna gick Lotta och jag till Stora Holmen och gungade. Vi träffade andra mammor med barn och hade matsäck med oss. En gång kom en ekorre och snappade upp en chokladkaka ur cykelkorgen. Trots att den var vacker körde jag iväg den. Jag har aldrig haft handlag med djur. Andra dagar åkte vi på utflykt med mormor och drack kaffe i Tiveden och Julita, Askersund och Nora. Vi åkte på auktioner och jag tvingade med Lotta och mormor på museer.

Men på kvällarna läste jag en tjock bok på 676 sidor skriven av en tysk författare vid namn Agnes Günter, hon levde 1863 – 1911. Boken heter *Helgonet och Narren* och är den mest romantiska bok jag har läst. Första gången jag hörde talas om den var på ett kalas hos Svanströms där Brita berättade att hon tyckte att detta var den bästa bok hon kände till och att hon läste om den varje år. Jag var en ung tonåring och hörde för första gången att man kunde läsa om böcker vilket jag som vuxen kom att få som vana. Min mamma lade titeln på minnet och gick till bokhandeln och inköpte den. På den tiden var böcker förhållandevis billiga. På tyska heter boken *Die Heilige und ihr Narr*. Den svenska översättningen som jag har är tryckt 1947 på Evangeliepress och översatt från den fyrtionde upplagan. Det är den elfte svenska upplagan utgiven på Lindblads förlag i Uppsala. Jag skriver ner de här uppgifterna eftersom de talar om hur oerhört populär boken var och också dess fromma karaktär. Nu slår det mig att jag nog var tolv-tretton år när kalaset hölls hos Svanströms. Det var cirka 1947 - 48 och boken hade just kommit i ny upplaga. Jag har inte läst om boken varje år men säkert åtta – nio gånger. När jag nu tar fram boken ur bokhyllan upptäcker jag (vilket jag glömt) att jag klistrat in några bilder som visar bokens slott Brauneck (Schloss Langenburg) såväl som en bild av författaren. Boken handlar om ett furstepar som inte fått några barn men slutligen får en liten flicka som är lite säregen. Hon räddas en julkväll från att gå ner genom isen av en greve vars egendom raserats, han kallas ruingreven. Det utvecklas en innerlig vänskap mellan den lilla flickan och den unge mannen vilket inte ses väl av speciellt styvmodern. Han kallar den lilla flickan för *Die Seele*.

Några år senare var Lotta och jag på väg till Frillesås där vi hyrt en liten stuga. Vi stannade till i Kumla och gick in i

Dohlwitz bokhandel där innehavaren, den något korpulente Algot Dohlwitz, tog emot. Jag ville ha de sista delarna av Wilhelm Mobergs utvandrarsvit. Jag hade läst den första och andra delen, jag hade dem inbundna hemma i bokhyllan. Algot som var en fryntlig och vänlig person föreslog att jag skulle köpa alla delarna i pocket för semestern. Ett bra tips och jag fick ett bokmärke av läder med bokhandelns namn inpräntat. Vilka böcker Lotta fick minns jag inte. Men det var en stark upplevelse den sommaren att läsa alla de fyra delarna i följd.

Under siestan i Spanien gäller det att ligga på sängen och andas lugnt. Värmen dallrar och gardinerna är fördragna men det är ändå tillräckligt ljust för att läsa. Eftersom Karl och jag bodde på ett typiskt gammalt spanskt hotell, *Hostal Moderno*, under en månads tid gällde det att vara försedd med lämplig litteratur. Min bror Sven-Olof som hade genomtänkta idéer som han med kraft förfäktade sade att man på semesterresor skall ha tunna pocketböcker med som man sedan kan kasta. Jag hade med till Mallorca en väska fylld med kriminalromaner men de var ämnade för kvällar och kortare lässtunder. Med tanke på siestans tysta timmar hade jag sparat en tjock innehållsdiger bok som jag kunde läsa långsamt och med eftertanke. Således läste jag en sommar Bertrand Russells Västerlandets filosofi, en annan sommar ägnade jag mig åt en biografi över Ludwig Wittgenstein och en tredje åt Henry Olssons biografi över Fröding.

Vissa somrar på äldre dar har jag satsat på en kurs. Jag har alltså en sommar gått skrivarkurs och akrylmålning en annan. Jag har deltagit i Andliga Övningar av Ignatius av Loyola för pater Rainer Carls under två somrar. När jag var väldigt ung var jag på läger som också satt sina spår. Under min yrkesaktiva tid var jag en gång på kemikurs i Bollnäs och under några somrar på skolledarutbildning. Ofta har de här kurserna varat endast en vecka men de har förberetts och krävt tid för återhämtning så denna enda vecka har på ett sätt dominerat den aktuella sommaren.

Re-Reading innebär att man läser om ett verk, man fördjupar sitt läsande (eller seende om det gäller film). Eftersom man redan vet storyn, alltså vad boken handlar om, kan man koncentrera sig på detaljer och språket. Man ser människorna i boken på ett fullvärdigare sätt och man kan njuta av ordval och satsmelodi. Man ser skiftningar i landskapet. Inför en händelse vet man att nu kommer det här dramat och man är förberedd att läsa det och se det, uppleva det i sin fullhet.

Men det är inte enbart böcker som jag läser flera gånger. Det gäller även filmer. Jag har en smal bokhylla som är bara tjugo centimeter djup. Den är anpassad för och fylld av filmer som jag valt med omsorg och som jag ser åter och återigen. Jag har alla Jane Austen-filmerna med olika skådespelare i olika inspelningar och jag ser dem om och om igen. När jag sett en film på tv eller bio, en film som jag gillar har jag tidigare köpt den på DVD så att jag kan se om den. Numera köper jag dem så att de ligger på min Apple-tv lätta att klicka fram. En sådan film är *Guernsey litteratur och potatisskalspajsällskap*, *Domaren* som grundar sig på Ian McEwans bok och *Notting Hill*, *Pretty Woman* och *Runaway Bride* med Julia Roberts. Eller serier som *Grantchester*, *Shetland*, *Min fantastiska väninna* eller som den kallas *Neapelkvartetten* av Elena Ferrante där jag har alla böckerna och sett om filmerna åtskilliga gånger.

Nu i år vill jag ägna sommaren åt *Morden i Midsomer*. Under tjugotvå år har jag sett de avsnitt som sänts på tv och jag äger ett tjugotal avsnitt på DVD.

När man tittar på en Midsomerfilm är det givetvis själva dramat, mordet/morden och Barnabys lösning som är spännande. Men filmerna innehåller så mycket mer: miljö, interiörer, människor, relationer och reaktioner. Om man inte slötittar utan verkligen betraktar detaljerna upptäcker man intressanta saker. Man kan lyssna på fågelsången, se på den prunkande trädgården, på rosorna i spaljén och den gnisslande trädgårdsgrinden. Man kan se de blyinfattade fönstren i stugorna och tekannan som sätts på AGA-spisen. *Morden i Midsomer* är "snälla", det är inga närbilder på blod. De är nästan som Maria Langs böcker om *Skoga* (Nora) och Agatha Christies många böcker och filmer. Inga långa utdragna närbilder av blod, våld och slag. Bara hastiga snapshots av de döda. Oftast lättar forensikerna bara på skyddet som ligger över offret och man ser inte den döde utan bara detektivernas reaktion.

Nu kan sommaren 2022 börja. Nu har jag ett projekt. Sommaren skall ägnas åt analys av serien Midsomer.

MIDSOMER COUNTY

Mitt i England nordväst om London och öster om Oxford ligger ett område med många små byar. De liknar varandra med rejäla tegelhus i rader efter landsvägen. Husen är avskilda från vägen med välansade häckar och en stängd grind eller helt enkelt sammanbyggda som en länga radhus. I byn finns oftast en kyrka, en pub och en stor grön allmänning. Den är gjord för att hålla marknader och upprätthålla traktens traditioner av olika slag med tävlingar och folkdans. Efter landsvägen finns fortfarande några butiker kvar, en bensinmack, ett gammalt postkontor, en slaktare, en järnaffär och en antikvitetsaffär. De gamla skolorna är i de flesta fall övergivna och har omvandlats till ateljé eller bostäder. Det finns ibland en förskola men de äldre barnen åker skolbuss in till centralorten Causton. Midsomer är inget barntätt område. I många familjer finns oftast ett enda barn i tonåren.

Byarna består av gedigna tegelhus eller korsvirkeshus med halm- eller tegeltak. De är i ett och ett halvt plan med sadeltak och utsmyckningar kring de spröjsade fönstren som har färgade blyinfattade rutor. Det är lågt i tak och särskilt är fodret kring dörrposten så kraftigt att männen får böja sina nackar när de går igenom dörröppningen. Men så är husen gamla, mycket gamla.

Namnet *Midsomer* är påhittat av författaren Caroline Graham men de flesta avsnitten är inspelade i mellersta England och de nuvarande byarna försöker locka till sig turister för guidade turer. Det är engelsk landsbygd precis som man föreställer sig den med vitputsade hus med halmtak omslutna av prunkande trädgårdar och stockrosor vid sidan av entrén med portklapp. In i trädgården leder en grind som stundtals gnisslar för att innehavaren skall vara beredd på att det kommer gäster. *Midsomer County* är ett område som består av ett antal byar med den fiktiva tätorten *Causton*. Det är till *Causton comprehensive school* som skolbarnen åker med skolbuss. Det är också där Detective Sergeant Gavin Troy gick i skola, en tid som han helst vill glömma. När han och DCI Tom Barnaby kommer för att förhöra en lärare blir Gavin Troy snabbt igenkänd av vaktmästaren. Det är också i den skolan dramaläraren i avsnitten *Written in Blood* (nr 2)[1] övar in en teaterpjäs som han själv skrivit för de äldre eleverna. På den skolan arbetar senare Sarah Barnaby som rektor.

Folket från byarna åker till Causton för att handla kläder och andra förnödenheter som inte finns i de allt färre lokala butikerna. När de framhåller som sitt alibi att de varit i Causton hela onsdagen accepterar DCI Barnaby inte detta. Han beslår dem med lögn eftersom alla affärer i Causton är stängda på onsdag eftermiddag. Det är också där teatern ligger, likaså biblioteket och polisstationen. Det är alltså där DCI Barnaby håller till och även bor men mest är han ute och besöker brottsplatser och knackar dörr.

Bondgårdarna ligger utanför byarna och där begås sällan brott men ett par avsnitt utspelas på hästgårdar. Det händer att detektiverna måste besöka en grisfarm för att utreda ledtrådar och då är det bra att de har stövlar bak i bilen. Deras välputsade skor blir leriga när de går ut ur bilen vilket speciellt DS-arna gör sura miner för.

---

[1] Min numrering. Lista över samtliga titlar finns i slutet av boken.

14

Kring byns hus finns prunkande välansade trädgårdar med blommor, fruktträd och häckar. Många av husen har ett mindre växthus i bortre delen av innegården. Där kan man förutom att odla sina orkidéer förlusta sig eller odla marijuana. Man når trädgården genom en öppning i häcken som löper runt hela tomten. Rosor växer i överflöd kring en pergola eller på ömse sidor av ytterdörren. På stentrappan står ofta ett antal blomkrukor och under en sådan förvaras dörrnyckeln. Dörren har en profilerad portklapp men ofta även ringklocka. Det finns en ingång på baksidan av huset som ofta inte är låst och används av polisen när ingen öppnar ytterdörren.

I senare avsnitt händer att en framgångsrik entreprenör i till exempel IT – branschen byggt sig ett spektakulärt vitt hus som fyrkantigt med överdrivet stora glasfönster ligger i det vackra landskapet. De moderna husen bryter mot de traditionella engelska husen som utgör Midsomers byar.

Varje by med självaktning har en tant som kommer cyklande oftast med en flätad korg på styret. Är den flätade korgen extra stor igenkänns den som slaktarens cykel men numera har slaktaren firmabil. Den cyklande damen är medveten om sin betydelse och cyklar rak i ryggen och med örnblick noterar hon varje detalj som förändrats. De flesta av invånarna i byn är i pensionsåldern och lever ett stillsamt liv med sina rosor och Alfapet. Där finns barn men byarna är inga barnrikeområden. Medelålders människor har oftast ett barn och när detta sitter inne med information bemöts barnen med värme och respekt av DCI Tom Barnaby. Han lovar att inte tala om för föräldrarna att de röker och i gengäld avslöjar de för honom användbara observationer.

Befolkningen i Midsomer tillhör den övre medelklassen även om en del av dem tycker sig tillhör aristokratin och med alla medel försöker bevisa sina anor tillbaka till 1600 – talet.

Ett och annat slott ligger i trakten och ofta kan DCI Barnaby avslöja den nya ägaren som en tidigare fängelsekund som bytt skepnad och namn och som fortsätter med sin olagliga verksamhet på en annan nivå (till exempel med hästavel). Barnaby känner någon gång igen ett par *butlers* som suttit inne.

Invånarna i Midsomer samlas i klubbar och grupper, de har insamlingar för renovering av kyrktaket, de förbereder blomtävlingar och marknader. Det anordnas Quiz på den lokala puben. De spelar givetvis cricket och golf. Damerna bakar sockerkakor för att övertrumfa varandra och driver upp sticklingar. Det vore inte England om inte folket anordnade jakter av olika slag. Klädda i röda jackor och svarta byxor och med svart hjälm hetsar de rävar och villebråd medan byns buspojkar med jaktsignal förvirrar gruppen och leder in dem på avvägar. Andra grupper skjuter änder. Människorna i Midsomer lever ett lugnt och behagligt liv långt från gatans kriminalitet. De flesta av invånarna äger skjutvapen eller uråldriga svärd. Men de flesta tar till det mordvapen som finns till hands som klubbor, strypning eller dränkning.

Människorna i Midsomer är mycket intresserade av historia, sin familjs, byns och Första och Andra Världskriget. Krigs-veteranerna samlas för stora uppvisningar på allmänningen där de delar upp sig i olika trupper och spelar upp gamla segerförlopp. Ibland slår sorgen för en bror som stupade i kriget över in absurdum som till exempel när en syster behåller broderns lik i hans gamla rum eller när en annan syster varje dag tvättar sin brors kläder om och om igen och lägger ut dem framför en flyghangar om han skulle komma tillbaka under natten. Över huvud taget har invånarna i Midsomer respekt för traditioner som upprepas varje år på det stora gröna fältet i byns mitt.

Det finns ett par *Boarding schools* i trakten. Stora röda tegelbyggnader med elever klädda i skoluniform och lärare med skinn på näsan. Ungdomarna överträder reglerna och åker taxi till puben på kvällarna eller ger sig iväg till en närliggande skola för flickor. Föräldrarna samlas för att visa upp sina veteranbilar och samla in pengar till skolan där de själva gått en gång i tiden. Men mord sker även i dessa miljöer.

I Midsomer skiner mestadels solen. Gräset är nyklippt och grönt, häckarna är välansade, blommorna prunkar i alla färger. Grannsämjan tycks vara god. Brevbäraren går sin runda och mjölkbilen skramlar fram. En medelålders kvinna i klänning med en väska i handen kommer gående för att utföra hushållsarbete och när hon öppnar dörren finner hon sin husbonde död på golvet. Alla är välklädda med slips och kavaj utom den ensamme ovårdade trashanken som bor i ett skjul i skogen. Fåglarna kvittrar och musikens mjuka slingor ingjuter i oss känslor av paradiset tills ond bråd död förändrar vårt synfält. Men bilderna av krossade huvuden är snabbt borta och inga närbilder av dödens verklighet uppvisas på bästa sändningstid i tv.

Livet i Midsomer förändras: skvallret i puben, misshälligheter i äktenskapet, okända släktförhållanden och personer som växt upp i byn återkommer. Spelet går vidare. Det är då DCI Barnaby kommer in i bild.

MIDSOMMAR 2022 I GÖTEBORG

Så kom midsommar med högsommarvärme. Termometern sköt tio grader i höjden och det blev svårt att andas. Har funderat över när våren övergår i försommar (när jag arbetade i skolan fanns en given dag för detta, examensdagen!). Men att sommaren följer på midsommar det är allmänt vedertaget. Som vanligt firade (?) jag helgen i ensamhet utan sju sorters blommor och dans kring majstången. Mina vänner var på olika håll och ingen hade lust att anordna kalas. Skrev i dagboken: "En makalös vacker dag med värme. Har inga krav och inga förväntningar."

På midsommaraftons morgon hängde en grå plastpåse på mitt dörrhandtag med två böcker från Ad Libris utburna av tidningsbudet. Early bird. Snabb leverans. Trodde inte att de skulle anlända före helgen, men det gjorde de.

Den ena boken var *Morden i Midsomer* av Caroline Graham. Utgiven i England 1987 och i Sverige 2009. Undertitel var *Morden i Badgers Drift*. Det är den första av Grahams sju böcker som spelats in som film 1997 och som visades i Sverige 2000. Detta är en av de filmer som jag anser vara de bästa. Jag har sett den många gånger och känner de olika karaktärerna väl. Jag har aldrig, trots mitt stora intresse för serien, läst någon av böckerna och vill nu fylla denna okunskap. Jag visste inte hur många böcker Caroline Graham skrivit men jag visste att andra manusförfattare fortsatte att skriva med hennes personer och miljöer som förlaga. Efter många år har en och annan karaktär flyttat från

Midsomer County och till och med DCI Tom Barnaby har ersatts av sin kusin John Barnaby.

Jag väger böckerna i mina händer och bestämmer mig för att läsa Midsomer först. Den andra boken tipsade Babels sommarprogram om. Den heter *Halva Malmö är fyllt av killar som dumpat mig.* Jag blev nyfiken på boken men den var inte värd att läsas och jag lämnade den bland pocketböckerna på vår kaffeveranda. Författarens namn är och får förbli förträngt (Amanda Roman).

På Midsommardagen har mörka moln svept in och fyller himmelen. En lätt bris. Det är den riktiga Midsommardagen efter gammal kalender. Johannes Döparens födelsedag. Kände mig inte tillräckligt stark att gå till kyrkan men Swishade en hundralapp som kollekt. Läser *Morden i Badgers drift* och finner den mycket detaljerad. Jag kan ju filmen näst intill utantill och jämför filmens detaljer med bokens. Tycker att filmen är bättre. Detta är ett ständigt debattämne i vår läsecirkel; somliga vill inte se filmen om de läst boken, andra vill läsa boken först och se filmen sedan. Oftast läser jag böckerna innan de är inspelade och njuter nästan alltid av filmresultatet.

På söndagen efter midsommar pratar jag med min bror Per som berättar att de har oväder med åska på Marstrand. Undrar om Signe (Lottas hund) är rädd. De är också på Marstrand. I Göteborg är himlen vit. Säger man att himlen är fylld av moln eller att det är mulet? Det är i alla fall ljust och inte en droppe regn. Ser två avsnitt av *Morden i Midsomer* efter att jag kommit tillbaka från söndagslunchen i restaurangen. Det var Lenas tur att bjuda på vin, då är det min tur första söndagen i augusti när restaurangen öppnar igen. Vi var bara fyra vid bordet idag, i vanliga fall är vi sex. Vi bjuder på vin var sin gång och går i bokstavsordning efter förnamnet. Anita, Elisabeth, Ingemar, Lena, Margareta och Ruth. Sedan börjar vi om igen.

DCI TOM BARNABY

En stund efter att ett brott i idylliska Midsomer begåtts stiger Detective Chief Inspector Tom Barnaby ut ur bilen och går med spänstiga steg följd av sin DS fram till mordplatsen där forensikerna redan har avgränsat platsen och skylt offret med ett grönt skynke. Barnaby är klädd i kostym med vit skjorta och slips och har vanliga välborstade skor på sig. Ibland kan denna klädsel verka en aning malplacerad, ja rent av lite löjeväckande, när han är ute i skogen eller på en äng och kryper efter ledtrådar.

Ofta vet de närvarande lokala poliserna redan vem den mördade är, vad han/hon sysslat med och ger stundom också tips om vem som kan vara den skyldiga. Rättsläkaren som är på plats drar skynket lite åt sidan så att Barnaby och vi ser att huvudet är blodigt, att offret slagits ner med en klubba eller skjutits i bröstet. Skynket läggs snabbt tillrätta och döljer de skador som orsakat en människas död. Närbilder av gärningen är inte viktiga, det är den som gjort det som är i fokus.

Barnabys första uppgift är att underrätta närstående till offret. Deras reaktioner avslöjar många gånger oegentligheter mellan familjemedlemmar. Han är vänlig, deltagande och försäkrar dem om att de skall göra allt för att lösa mordet. Det som gör *Morden i Midsome*r speciella är att det mesta polisarbetet sker ute på fältet och inte framför datorerna på en polisstation även om de ibland sätter upp ett temporärt huvudkvarter i till exempel en gammal danssalong.

Tittarna får följa Barnaby och hans DS från hus till hus, till puben och till antikvitetsaffären, ut på golf- och cricketbanan. Vi ser husen exteriört och interiört. Barnaby sätter sig ner vid köksbordet, i vardagsrumssoffan eller vid bordet där de spelar Alfapet. Han iakttar hur människor reagerar och med vänlig röst ställer han följdfrågor. Han är helt enkelt bra på att lyssna. Han frågar vänligt om han får se offrets eller en misstänkts rum och avslöjar ofta en egenskap, vana eller ovana.

När Barnaby och hans DS vandrar eller kör bil mellan olika hus rådgör de med och avslöjar tankarna för varandra. Ofta har DS-n snabba och tvärsäkra lösningar på brottet som Barnaby snabbt smular sönder. Äktenskapsbrott och osämja mellan familjemedlemmar räcker inte som motiv för grova brott. Barnaby avslöjar tydligt sina känslor, han blir irriterad och fordrar mycket av sina medarbetare men han lyckas lösa alla brott, så man får väl säga att han är duktig.

I vissa situationer visar Tom Barnaby en personlig sida när han exempelvis tar danssteg när han tror ingen ser honom men Gavin Troy och en kvinnlig polis gläntar på dörren och ler stort. Eller när han går upp på vinden i sitt hem för att leta rätt på gamla serietidningar. I ett avsnitt besöker han ett äldre par som bakar muffins, han får smaka och uppskattar detta så mycket att han äter ett par tre stycken. Han blir påverkad och hoppar upp på en mur där han skrattande balanserar: Kakorna innehöll hemodlad marijuana. Tom kan i vissa situationer när han känner sig privat vara lite sprallig.

Tom Barnaby är gift med Joyce och de har en dotter Cully i tjugoårsåldern som har lämnat barndomshemmet. De bor i en villa i Causton. Joyce arbetar inte utanför hemmet men hon är kulturellt intresserad, går in i olika projekt som volontär och deltager i olika föreningar. Hon sjunger i kyrkokören i Little Worthy och är amatörskådespelare där hon får små biroller. Tom är inte alltid så snäll mot henne och retar henne för att hon inte har en endaste replik. Men för henne är det nog nervöst att komma ihåg var hon skall stå när hon skall göra entré. När Tom bjuder ut henne på restaurang är hon rädd för att det skall ske ett mord där de är, vilket givetvis besannas och måltiden avbryts. Joyce är tålmodig mot sin make, hon är luttrad. Ofta ringer telefonen just när de skall äta och Barnaby rusar från matbordet. Joyce har ett fel och det är att hon inte kan laga mat. Hennes grytor som hon skaffat recept på och tagit rundligt med tid att tillaga tilltalar varken maken eller dottern. Tom beskriver hennes mat som *"A plate ful of leathery chips surrounded by coils of yellowish green paste."*

Barnabys dotter Cullys dröm är att bli skådespelare och hon har mindre roller i pjäser som visas på teatern i Causton. Med jämna mellanrum kommer hon hem med pojkvänner vars närvaro stör harmonin i det Barnabyska hemmet. Det tillfället när Cully skall göra en resa med sin pojkvän och behöver lämna katten hos sina föräldrar slutar olyckligt när det visar sig att Tom Barnaby är allergisk mot katter. En pojkvän heter Nicolas. Han skall göra en roll som polis på teatern och får följa DS Gavin Troy i arbetet vilket ger Tom Barnaby tillfälle att raljera över DS-ns tillkortakommande. Joyce gifter sig i avsnittet *Blodsbröllop* (nr 60) med Simon Dixon och DS Gavin Troy, som slutat i Midsomer, är gäst på bröllopet. På väg dit kör han sin vana trogen i diket. Cully kommer och går, hon är pappas flicka, älskad över allt på jorden. Men hon visar också förståelse för sin mors situation med den ofta irriterade fadern.

Skådespelaren John Nettles (född 1943) har spelat Tom Barnaby i 81 filmer från 1997 till och med 2011. Han var alltså 54 år när han spelade in första filmen och 68 år i sista filmen. Han är också känd som huvudpersonen i serien *Bergerac* och medverkade i serien *Familjen Ashton*. Barnaby fortsatte att spela teater främst Shakespeare efter sin tid i Midsomer.

Joyce Barnaby spelas av Jane Wymark (född 1952) dotter till en känd engelsk skådespelare Patrick Wymark och en amerikansk författare Olwen Wymark. Jane var 45 år när *Morden i Midsomer* började och 59 när hon försvann ur serien. Hon lämnade samtidigt som John Nettles med orden "Äntligen slipper jag vara en snäll hustru.". Hon hade också en roll till exempel i serien *Poldark*.

Tom och Joyce Barnabys dotter Cully spelas av Laura Howard (född 1977). Hon var tjugo år när Morden i Midsomer började och 34 när Tom Barnaby med familj slutade i serien. Laura Howard har fortsatt som skådespelare.

DCI JOHN BARNABY

I avsnittet *Guillaumes svärd* (nr 75) anordnas en bussutflykt från Midsomer till Brighton. Med på bussresan är DCI Tom Barnaby som skall besöka sin kusin John Barnaby. Midsomerborna roar sig med att vandra på stranden och den långa bryggan, man äter och handlar i affärerna, man åker karusell och spöktåget alltmedan en man och en kvinna söker sig till en äldre mans hus för att stjäla ett par antika svärd. Men i allt detta sker en förskräcklig händelse, en deltagare mördas (dekapiteras) i spöktåget. DCI John Barnaby som är chefsdetektiv i Brighton och Tom Barnaby löser mordet tillsammans samt avslöjar respektive orters borgmästares oegentligheter. När Tom Barnaby slutar som DCI i Midsomer efterträds han av John Barnaby. Det är ett bra arrangemang att ta in en ny person med samma efternamn. Ofta byter man i serier ut en skådespelare mot en annan som skall spela samma roll med samma namn vilket skaver och ger fel känsla.

Det är ofrånkomligt att jämföra de två detektiverna med varandra. Med en annan huvudrollsinnehavare ändras atmosfären trots att han arbetar på samma sätt som sin föregångare. John Barnaby är en helt annan typ än Tom, han är inte lika jovialisk, han är stramare, lite stelare. Han är psykolog vilket ofta kommenteras av hans DC Ben Jones. John är mer eftertänksam, han ställer frågor men bekräftar inte svaret direkt, det får hänga i luften innan han ställer en följdfråga eller helt enkelt avslutar samtalet. Han lämnar platsen med ett litet underfundigt leende som om han inte tror han fått höra sanningen.

Som kuriosa kan noteras att Neil Dudgeon, som gör John Barnaby, spelar trädgårdsmästaren Daniel Bolt i Midsomer-filmen *Garden in death* (nr 14) där han gör en flirtig man som dyker upp i en rad scener.

Det tar tid att lära sig hur John Barnaby bemöter sina medarbetare och lära känna hans vanor och ovanor. Samtidigt förändras atmosfären i serien med tidens gång. Det blir mindre familjärt och mer modernt. Den obligatoriska cyklisten vinglar inte längre fram på den smala huvudgatan utan drönare sveper numera över deras huvuden. Filmerna är inte längre inspelade i de små byarna utan i städer och utanför tätorter. Drygt tjugo års inspelningar visar samhällets förändringar.

Det är skådespelaren Neil Dudgeon som spelar DCI John Barnaby. Han är född 1961 och var alltså femtio år när han trädde in i Midsomersfären. Hans hustru Sarah spelas av Fiona Dolman född 1970 i Skottland. Hon är väl känd från serien *Tillbaka till Aidensfield*. Sarah är lärare och rektor vid *Causton Comprehensive School*. Hon är historiskt intresserad och kunnig och hjälper John med faktabakgrund när det aktuella fallet kräver kunskap om historisk utveckling av byar eller krigsföring. Sarah är mer jämställd med John än vad Tom. och Joyce Barnaby var. Joyce var hemmafru, visserligen med ett stort kulturengagemang men ändå den som var i köket och väntade med maten. John lagar mat och passar upp på Sarah speciellt när hon är gravid med dottern. Hos Sarah och John förekommer ofta hämtmat.

John och Sarah får sitt första barn i avsnittet *The Killings of Copenhagen* (nr 100). De prövar olika namn men John vill helst ha en allitteration och barnet får namnet Betty. "Betty Barnaby" säger John om och om igen, "det låter fint". Betty har senare sina leksaker över hela huset och hon sitter med sin plast-tv när Sarah sitter med datorn vid köksbordet och skriver sin första roman med historiska förtecken.

Familjen har också en härlig tillgång i hunden Sykes. Det är en vit och chokladbrun terrier med yrket hundskådespelare från Clifton i Oxfordshire. Sykes har spelat i många reklam-filmer. Han pensionerades efter tjugofyra Midsomerfilmer i avsnittet *Harvest of Souls* (nr110). Han dog tre år senare. Sykes ersattes av en liknande hund som blivit ensam då hans husse dött. Han får namnet Paddy och accepteras snabbt av hela familjen.

SYSKONTRÄFF PÅ MARSTRAND

Det har utbildats en tradition att vi tre syskon som är kvar i livet sammanstrålar på Västkusten någon dag efter midsommar. Ingwar och Barbro vistas i sitt hus på Grundsund och Per och Christina gästar Margareta som är tvillingsyster med Christina. Förra året hade vi sådan tur att Pers son Tor kunde hämta och återlämna mig i Göteborg.

Frågan i år var om jag skulle kunna ta mig till Marstrand med allmänna kommunikationer. Jag insåg efter många nätters funderande att jag måste ha rollator för att kunna gå från busshållplatsen till Margaretas lägenhet på Hedvigsholmen. Men hur skulle jag kunna ta rollatorn på bussen, det var en fråga som jag funderade på både bittida och sent. Jag är en kontrollfreak som tänker igenom alla omständigheter, både stora och små, och jag vill ha en bild i huvudet av hur det hela kommer att gestalta sig. Funderade på om chauffören kunde hjälpa mig att sätta in rollatorn i bagageutrymmet. Tänkte mig att bussen var av typ långfärdsbuss vilket den ju inte var, det visste jag ju, det är en buss för stadstrafik. Min slutsats blev i alla fall att jag skulle be chauffören om hjälp. Att gå sträckan i Marstrand skulle inte vara svårt med rollator. Likaså trappan inne i huset om jag tog ett trappsteg i taget och gick som småbarn gör, samma ben först upp i hela trappan. Jag tackade således för inbjudan och såg fram emot såväl utflykten som släktträffen.

På måndagen efter midsommar gjorde jag alltså den strapatsrika utflykten till Marstrand. På grund av mina gångsvårigheter tog jag taxi hemifrån till Nils Ericson Terminalen. Jag hade förbeställt taxi kvällen innan och vid beställning uppgavs ett fast pris. Det gillar jag. Taxichauffören lastade utan knot in rollatorn i bagageluckan. De bygger Västlänken i hela Göteborg och det är svårt att kunna nå vissa platser, vilket chauffören berättade, men jag kom ändå relativt nära Nils Ericson Terminalen.

Jag var i god tid och kunde slinka in på Västtrafiks servicekontor och kolla att mitt kort inte var spärrat och att jag hade gott om pengar på det. Nils Ericson Terminalen är stor och luftig, den har stora och tydliga skyltar. En ung man med afrikanskt ursprung satt i ett soffhörn omgiven av överfyllda Ikeakassar med ena foten på bänken och en vit stor labrador vid den andra foten på golvet. Mannen läste en bok. När en kvinna satte sig nära honom började de samtala men jag hörde inte vad de talade om. Kanske var det boken, kanske var det vart de var på väg. Folk kom och gick. Flygbussarna kom var tjugonde minut och lättklädda människor med stora resväskor ställde sig snabbt i kö när dörrarna öppnades. I sista stund kom två småväxta kvinnor klädda i slöja halvspringande utan någon som helst packning. Förmodligen för att åka till sitt arbete på Landvetter.

När min buss kommit inrullande ställde jag rollatorn utanför bussdörren för att be chauffören hjälpa mig lyfta upp den då en äldre man som stod bakom mig erbjöd sig att ta in rollatorn i bussen. Hans hustru upplyste honom om att han måste använda mittdörren. Jag satte mig längst fram och mannen kom efter någon minut och klappade mig på axeln och försäkrade att han tagit in rollatorn och att han skulle ha överblick över den. Han frågade mig om jag skulle åka hela vägen till Marstrand vilket jag bejakade. Resan till Marstrand tar en timme och vid färjeterminalen stod min dotter Lotta och bror Per imponerade och glada över att jag tagit mig dit ut.

I vår familj var vi fyra barn. När jag föddes fanns redan tre pojkar, nio, sju och fem år gamla. Att ha tre äldre bröder var att ha tre idoler. De kunde ju allt långt före mig. De spelade piano, de läste engelska, de målade tavlor och de visste allt om stora vida världen. På den tiden slutade min värld på sydkusten av Skåne och räckte upp till Stora Tuna och Borlänge i norr. Att man både vid matbordet och i radio talade om det stora mörka kriget var ledsamt och lade sig som en hotande skugga över vardagen. Men mamma hade en mindre vit duk ovanpå vaxduken och det var inga sura miner när vi samlades runt matbordet.

Mamma klippte ransoneringskort, pappa satte upp mörkläggningsgardiner och gick brandvakt inte för krigets skull utan för att det härjade en pyroman i våra kvarter i Örebro. När han ertappades visade det sig vara en pojke i min ålder (8 - 9 år) som bodde tvärs över Järnvägsgatan med sin farmor, pojken hette Bo Öfverström.

Allt kunde mina bröder före mig och när jag började på läroverket hade redan två av dem avlagt studentexamen och flyttat hemifrån. Ingvar till Göteborg och Svenne till Stockholm. Jag såg fortfarande upp till dem, jag ärvde stolt deras gamla fysikböcker, de var intelligenta och snygga pojkar. Skulle jag någonsin få en fästman skulle han vara som de. Så gick åren och på något sätt kom jag ifatt dem. Vi blev alla vuxna. Familjen blev en släkt.

Jag älskar fortfarande mina bröder och de har under åren varit snälla mot mig på många olika sätt. Jag minns presenter och julklappar som jag fått, olika och typiska för givaren. Jag fick *Jazz på Svenska* med Jan Johansson av Ingvar, jag fick

Nalle Puh av Svenne och jag fick en påsktupp av Per (men det var långt senare när jag flyttade in i radhuset i Kumla). Sista gången vi träffades alla vi fyra syskon var på Svennes sextioårsdag 1987. Hans fru Marianne var död. Det var Ingwar och Barbro, Per och Christina, jag och Svenne. Vi satt i soffgruppen, drack kaffe och pratade. Jag minns inte vilka presenter vi förde med oss men jag minns att både Ingwar och jag tagit med en galge från Press-Elegans i Örebro. Svenne var "springpojke" där för att tjäna några kronor när han gick på Karolinska läroverket. Ett annat minne från den dagen var när vi talade om, jag minns inte vad, och Svenne ville att vi skulle ta ut boken med Karlfeldts samlade dikter. Det var en vanlig present vid studentexamen att få en del av Wahlström & Widstrands *Den svenska lyriken*. Det skulle inte förvåna mig om vi alla fyra har denna bok. I alla fall bad Svenne Christina, som har en bra röst, att slå upp en av dikterna *Oxen i Sjöga*. Svennes bok var sliten och nött, fylld av marginalanteckningar. Den här speciella dikten handlar om Vika kyrka i Dalarna och dess väggmålningar. Det var en magisk stund när Christina läste dikten. Det var sista gången vi var tillsammans alla fyra. Svenne dog åtta år senare strax efter min sextioårsdag.

Men här i Marstrand läste vi inga dikter, vi åt gott, drack gott och studerade den magnifika utsikten. Vi gladde oss åt varandra och att få tillfälle att mötas. I bakhuvudet finns medvetandet om att det kan vara sista gången, vem vet, ingen. Människor har svårt att tro mig när jag säger att vi som barn aldrig bråkade. Det tillät inte mamma. Hon önskade sig bara en present och det var snälla barn, och det var vi, vi var snälla barn, mina bröder och jag. Och det är vi fortfarande.

Även långa sommardagar tar slut. Ingwar och Barbro med hunden Asta for norrut till Grundsund. Lotta som bodde i Mimmis lägenhet över sommaren hade gått hem till sin hund Signe. Per skulle följa mig till busshållplatsen, jag hade noggrant antecknat varje avgång med direktbuss till Göteborg. Men nu började det stora äventyret: sista direktbussen hade redan gått. Att byta i Ytterby till ny buss eller tåg ansåg jag vara omöjligt. Vi pratade med chauffören i den buss som kom in, den skulle gå till Ytterby och han bekräftade det vi redan visste. Vad göra? Funderade över att ta taxi. Per och jag satte oss en bit längre bort i skuggan för att överlägga. Var jag fått de felaktiga tiderna ifrån kunde jag bara skylla på mig själv. Efter en stund kom taxichauffören fram till oss. Han berättade att han skulle köra till Ytterby och tillbaka samt en gång ytterligare till Ytterby. Men därefter slutade hans pass och han skulle köra bussen hem till Göteborg. Jag kunde få åka med honom om jag ville. Jag frågade vad han hette och han svarade Lennart. Under hemresan satt jag och Lennart och pratade, han berättade att han var pensionär men jobbade två dagar i veckan. Nu skulle han ha semester och med sin fru åka i deras husvagn till Blekinge. De var tre par som brukar åka tillsammans på samma resa men i var sin husvagn. Lennart lämnade av mig vid Nils Ericson Terminalen.

Nu var det bara att få tag på en taxi och två vita taxibilar stod och väntade strax intill. Jag gick med min rollator fram till den första som hade alla fönsterrutor nerdragna, det var en varm sommardag. Jag frågade om han kunde köra mig. Men döm om min förvåning när han svarade nej. Jag såg frågande på honom medan tankarna flög genom huvudet. Var jag för gammal? Såg jag inte presentabel ut? Ville han inte ta med rollatorn? Då förklarade han: ”Jag kör inte färdtjänst!” Men hem körde han mig och vi hade en trevlig konversation i bilen. Kvitto fick jag med hans namn och firmauppgifter. Svarttaxi? Men bilen var vit.

1 JULI 2022 – GÖTEBORG

Den 1 juli sänder jag ett Sms till Lotta: "Nu börjar den hemska månaden juli när vår restaurang är stängd."

Hon svarar: "Ja men det är varmt och man får äta lite lättare mat. Sen har du något roligt att se fram emot. Roligt att du har det så bra i huset."

Jag sänder samma Sms till Olov.

Han svarar: "Det kommer, det kommer, det kooommer, det kommer nog en vacker dag till dig. Biffar, potäter och gemüse vad kan man mera önska sig…?

En måndag kväll läser jag TV-programmet för tisdagen när jag kommer på att det är måndag. Skyller inte på att jag är gammal. Dagarna går långsamt nu på sommaren

Utdrag ur min dagbok:

"Fredagen den 1 juli 2022. En underbar vacker sommardag. Restaurangen är stängd från och med idag och det gillar jag inte. Men jag får anpassa mig till detta och göra det bästa jag kan. Tänker syssla med mitt sommarprojekt som har titeln *Sommar med Midsomer*. Det blir funderingar kring mitt eget liv och *Morden i Midsomer*. Men jag har ännu inte disponerat skriverierna. Det måsta jag göra. Skrev igår kväll om musik: signaturmelodin och konserten med August här i Tornhuset. Skall göra ytterligare ett experiment. Ligga på soffan och lyssna på ett avsnitt i Midsomer för att fokusera på musiken utan att titta på filmen. Undrar hur det blir.

Jag blir tydligen inte av med byggställningarna på altanen så jag får acceptera det och använda den ändå. Skall hämta en vaxduk i källaren så att jag kan sitta och arbeta på altanen. Skall väl göra några Up-Words i sommar.

Vill gå till kyrkan!"

"Söndagen den 3 juli – 22. Idag regnar det. Störtregn. Hade för avsikt att gå till kyrkan men det blev inte av. Jag var för trött.

Igår satt Berit och jag ute i trädgården. Jag satt där först och disponerade mitt tänkta manuskript. Det gick bra och jag hade många trådar att skriva. Tog min klippbok i A-4 format. Jag gjorde en tankekarta över ett helt uppslag. Jag färglade de olika områdena. Det kan bli bra. Det funkade bra och nu kan jag skriva ner dispositionen på datorn.

Mias Nina (Svennes dotterdotter) har fått en recension i DN på sin nya bok Tribunalen. Men den fanns inte med i tidningsupplagan i Göteborg. Att få en recension i DN eller Svenskan är det bästa man kan få. Har sett intervjuer med henne på nätet. Hon talar bra. Hon är duktig. Jag är glad å hennes vägnar."

Ingrid Wilsby kom tillbaka efter två veckor i Dimbobaden vid Hjälmaren. Hon åkte tåg med sin dotter Anna. Anita C och jag skall gå till Vasahemmet där Ingrid bor på torsdag så då träffar vi henne. Anita C skall hålla föredrag om kvarteren runt Vasahemmet.

De här veckorna när restaurangen är stängd går nog de också. Idag drack jag kaffe med Rangela i vårt bibliotek. Hon hade bakat kanelbullar som fortfarande var ljumma. Vi hade en trevlig pratstund om ditt och datt."

DETECTIVE SERGEANTS

DCI Barnaby vare sig det är Tom eller John åtföljs alltid av en biträdande inspektör, en Detective Sergeant. Den som finns med i Caroline Grahams böcker är en härlig personlighet, Gavin Troy. Han är lite längre än Tom Barnaby med sina 1,85 m och med sin något naiva syn på världen liknar han ett vuxet barn. Genom dialogen dem emellan får vi ta del av deras respektive tankar. Tom Barnaby och även hans efterföljare John Barnaby kallar alltid sina medarbetare vid efternamn medan deras fruar säger deras förnamn. Gavin Troy har alltid tidiga och enkla lösningar på fallen, vilka snabbt motsägs av Tom Barnaby, som skickar iväg honom på de besvärliga eller tråkiga uppdragen. Det är han som krossar glasrutor för att ta sig in i ett hus, får gå ner i mörka tunnlar och källare och får ta kontakt med *the Uniforms* alltså den lokala polisen och ge dem vidare upplysningar. Troy vill vara duktig och när han får chansen att följa med två (falska) poliser från Scotland Yard sväljer han triumfen med hull och hår och rusar ifrån Barnaby (som givetvis redan genomskådat bluffen!). Gavin Troy är i de första avsnitten klädd i enfärgad tegelfärgad skjorta i stark kulör med en slips som inte harmonierar, skjortorna fortsätter att vara färgrika men med slips som passar bättre. Han är alltid klädd i kostym.

I delar av filmen förflyttar de sig med bil mellan olika platser och Gavin Troy är inte bra på att köra bil. Vid åtskilliga incidenter tas kurvorna för snävt och mötande bilar får tvärnita. Man kan inte låta bli att le och skaka på huvudet åt hans iver och slarv.

Gavin Troy är förtjust i Toms dotter Cully men förälskelsen är inte besvarad. Det händer att pappan bestämt träff med dottern för att gå på teatern eller äta middag ute och Gavin får ersätta pappan vilket inte emottas med glädje. DS Gavin Troy har omogna och förutfattade åsikter när det kommer till sex. Då rodnar han, skrattar generat och viftar med en tidning eller vad som finns till hands. I ett avsnitt knackar de dörr för att ställa några frågor. Den medelålders mannen som öppnar är klädd enbart i ett blommigt förkläde och har en skål och visp i handen. När dörren stängs vänder sig Gavin Troy till Barnaby och frågar om de inte skall häkta mannen för opassande klädsel. Men Tom Barnaby svarar bestämt att i sin bostad får man vara klädd som man vill.

Det enda som Gavin Troy läser är serietidningar och när Barnaby en dag i tidningen erfar att hans pensionsfonder gått dåligt kan Troy upplysa honom om vilka höga summor man kan få för gamla seriemagasin. Barnaby sticker inte under stol med vad han anser om Troys brist på bildning men Troy å sin sida ger gärna Barnaby ett tjuvnyp när han kan. Han triumferar när han av Joyce Barnaby får i uppdrag att ransonera Toms lunch till en påse morötter. Joyce anser att Tom är för tjock.

Gavin Troy återkommer som gäst i avsnittet *Blood Wedding* (nr 60) där Cully Barnaby skall gifta sig. Prydligt klädd i högtidsdräkt gör han entré i filmen när han med bilen tar kurvan så snävt att han hamnar i diket. Han är sig helt lik så som Gavin Troy skall vara med sitt generade leende.

I filmen *Death and Dreams* (nr 25) firas en fest med anledning av ett jubileum på ett behandlingshem. En liten orkester spelar folkmusik när Gavin Troy hoppar in i bandet och spelar med två skedar i en hand. Det är verkligen en revansch för hans roll i Midsomer. Den filmen är den otäckaste av alla Midsomerfilmer, men på vilket sätt vill jag inte avslöja.

Gavin Troy är mycket omtyckt av gamla damer. När han skall förhöra dem vill de bjuda på te och kakor och han låter sig väl smaka, ju mer han äter desto mer avslöjar de av byskvallret. När Toms *aunt Alice* vistas på ett vilohem får Troy till uppgift att höra sig för om vad som hänt hennes medboende. Han sitter i en ring med dem och de älskar honom, han är ung och lockar fram deras tankar och funderingar. Avsnittet har titeln *Blue Herrings* (nr 11) eftersom en gammal dam på hemmet talar just om *Blue Herrings* och tillägger att hon inte gillar deckare. Det är en felsägning. Hon menar egentligen *Red Herrings* som betyder villospår, vilket också påpekas av *aunt Alice*.

Gavin Troy medverkar i tjugonio filmer. Han spelas av skådespelaren Daniel Casey som är född 1972 och han var endast tjugofyra år när Midsomer började spelas in. Hans far var TV-presentatör och Daniel började på teatern vid fjorton års ålder. Han är min absoluta favorit bland DS-arna och han spelar i mitt tycke en underbar roll i Midsomer.

I endast fjorton avsnitt, en kort period mätt i Midsomertid, heter DS-n Dan Scott. Han är en ganska stel karaktär och raka motsatsen till Gavin Troy som är mer lealös. Dan Scott har inte gjort stor påverkan på mig. Han spelas av John Hopkins, en välutbildad engelsk skådespelare.

Nästa Detective Sergeant som uppträder är Ben Jones, en helt annat typ än de förra. Han börjar som *uniform* och avancerar till DS. Han är mer smidig, beundrar Tom Barnaby och har lättare att samarbeta med honom. Han är *local* alltså från Midsomer och drar nytta av detta genom att han känner en och annan av de inblandade. Ibland frågar han sin mormor om byskvallret. Han får också göra de "smutsiga jobben" och det är obetalbart när han skall skilja två män som slåss och själv hamnar i floden (*Thames*). Vid ett annat tillfälle räddar han en kvinna som ligger i vattnet efter att hennes make drogat och försökt att dränka henne. Jones är dyngsur när Barnaby tar med honom hem och han får byta till en av Barnabys gamla tweedkostymer med väst som han hade när hans midja var slankare. I duschen avslöjar Ben Jones sin förmåga att sjunga och Joyce Barnaby värvar honom genast till den kommande kyrkokörstävlingen *Death in Chorus* (nr 50).

Jones är glad och vänlig. Mycket korrekt. Han flirtar med kvinnor om de så är misstänkta eller bara vittnen, men han får inte till det med någon. Han återkom till Midsomer utklädd till agent i cricketsammanhang *Last man out* (nr 113). Han känns givetvis igen av Barnaby men inte av hans DS.

Ben Jones medverkade i 53 avsnitt. Han spelas av Jason Hughes. För journalister i Daily Mail avslöjade han att han slutade i Midsomerserien eftersom det var långa dagar och han pendlade från Brighton. Han fick gå upp klockan halv fem och kom inte hem förrän sent på kvällen klockan nio. Han hade fru och tre barn.

DS Charlie Nelson spelas av Gwilym Lee. Han medverkar i femton avsnitt. Charlie Nelsons personlighet kommer inte riktigt fram i serien.

Den senaste skådespelaren som axlar manteln som DS i Midsomer är Nick Hendrix som spelar Jamie Winter. Hitintills har han medverkat i 22 avsnitt. Han är född 1985. Han och rättsläkaren Kam Karimore hade gått på en kurs tillsammans och de kan inte reda ut hur en mycket våt kväll avslutades. De har dragning till varandra men Jamie kommer inte till skott och erkänner sina känslor och Kam slutar och flyttar till Montreal i Kanada. Winter gör en insats när hunden Sykes dött och familjen Barnaby är ledsen. Då kommer han med en liknande hund vars husse dött. Winter är omtyckt av såväl John Barnaby som hans fru Sarah.

Han är helt OK men har inte samma genomslag och personlighet som Gavin Troy och Ben Jones som båda spelar minnesvärda roller.

THE PATHOLOGISTS

En nära samarbetspartner med Barnaby och hans DS är rättsläkaren, the pathologist, som är tidigt på plats efter mordet, som bestämmer tid för brottet, obducerar och tar prover av olika slag. Den förste som innehade den rollen var Georg Bullard, en äldre något korpulent herre. Han är god vän med Tom Barnaby och de umgås även privat tillsammans med sina fruar. Georg Bullards hustru är läkare och Tom Barnaby konsulterar henne ibland även om hon inte kan avslöja patienthemligheter. Bullard deltar i livet i Midsomer bland annat sjunger han i Little Worthys kyrkokör. Samarbetet mellan Tom och George är smidigt och respektfullt med en humoristisk ton särskilt vid misstänkta självmord där Barnaby alltid misstänker att ett mord ligger bakom. Georges samarbete med John Barnaby flyter inte lika lätt. Johns lite arroganta ton passar inte med Georges låga framtoning, långa och framgångsrika erfarenhet. När John vill skynda på resultatet ser man hur George biter ihop för att inte säga något.

Rollen Georg Bullard spelas av Barry Jackson. Han deltager i *Morden i Midsom*er i hela 85 filmer. Han var den sista rollen från Caroline Grahams böcker. Han var född 1938 och alltså 59 år när han börjar och 73 när han slutar, han dog fem år efter det sista avsnittet som han deltog i.

Dr Bullard efterträddes av sin raka motsats, dr Kate Wilding, en blond öppenhjärtig kvinna med båda fötterna på jorden. Hon lät DS Charlie Nelson dela bostad med sig men hon besvarade inte hans försiktiga förälskelse. De var båda goda vänner med Sarah och John Barnaby och Sarah och Kate hade förtroliga samtal.

Rollen som Kate Wilding spelas av skådespelaren Tamzin Malieson född 1974. Hon medverkade i nitton filmer i serien om Midsomer.

En helt annan karaktär är patologen doktor Kam Karimore, även hon en karismatisk personlighet. Hon är liten och tunn men drar sig inte för att ta itu med de mest spektakulära mord. Klädd i en blå overall och med väskan med sina instrument ger hon snabba svar till DCI John Barnaby.

Skådespelaren Manjinder Virk född 1975 spelar Kam Karimore. Hon medverkade i elva filmer. Hon har spelat i en rad olika serier och är både regissör och författare.

Ytterligare en stark personlighet framträder när doktor Fleur Perkins övertar arbetet som rättsläkare i avsnittet *The Ghost of Causton Abbey* (nr 117). Hon är en mogen kvinna som snabbt inger respekt, detektiverna blir som små pojkar när hon avger sina bitska repliker. Hon gör dem förbluffade när hon sätter sig på sin motorcykel och kör iväg. Men innanför den tuffa ytan är hon en vänlig själ och en duktig patolog.

Fleur Perkins spelas av skådespelaren Annette Badland som är född 1950, hon är alltså pensionär när hon börjar i Midsomer 2019. Hon har hitintills varit med i sexton avsnitt och bidrager med sin starka personlighet till att göra serien om *Morden i Midsomer* till den njutning med färg, spänning och torr engelsk humor den är avsedd att ge.

Detektiverna tillsammans med rättsläkaren utgör ett sammansvetsat team oberoende av vilka som ingår i gruppen. Överlag är det dugliga skådespelare som spelar i *Morden i Midsomer*. I scenerna från obduktionssalen är liken dolda av ett skynke och rättsläkaren drar försiktigt av det och blottar till exempel skallskador och hen förklarar för detektiverna möjliga föremål som har orsakat döden. Men snabbt läggs skynket över och vi slipper se närbilder av hugg och slag. Ibland kan obduktionen avslöja en underliggande sjukdom eller tidigare ingrepp på kroppen som kan ge ytterligare ledtrådar.

Det händer att Barnaby ber rättsläkaren att söka i sitt arkiv efter tidigare fall som har någon koppling till det aktuella och de visar sig ofta otillräckliga eller felaktiga. Det händer att de gräver upp redan begravda, som de trodde dött en vanlig död, men där det visar sig ligga brott bakom. Allt förekommer i idyllen Midsomer.

VÄNNER PÅ ORUST

Att ha vänner – det är en gåva – men vänskap kan inte tas för given. Det är nästan magiskt när den uppstår men då och då rinner den bara ut i sanden utan att man förstår när det skedde och varför. Det gäller att vårda vänskapen, upprätthålla den, ge den näring i form av kontakt. Då och då sker detta lätt och lekande. Någon gång får man anstränga sig.

In i Tornhuset flyttade ett par år efter mig en trevlig man som heter Arne. Han kom snabbt att bli en del av det vi kallade "Söndagsgänget". Det var en grupp som åt söndagslunch tillsammans och då delade på en flaska vin eller två. Arne gillade att resa och när han var på en tur nere i Europa fångade en dam vid namn Anita E hans hjärta. De gifte sig. Vigseln hölls i Tornhuset med en annan Anita, Anita C, som borglig vigselförrättare. Men ett par dagar innan hade vi en minnesvärd svensexa utklädda till bankmän eftersom Arne varit bankdirektör. Eftersom vi alla var kvinnor utklädda till män klädde vi ut Arne till brud och han lät oss hållas stilla som ett lamm. Det förvånade oss eftersom Arne har hög integritet. Arne flyttade från oss till Anita E på Orust. De bor på Ellös alldeles nere vid havet och har en sagolik utsikt.

Arne och Anita E och vi i "Söndagsgänget" fortsatte att hålla kontakten. Det är så lätt att förlora den när vänner flyttar. De får nya relationer, vi går vidare och får nya grannar. Det som en gång var en grupp på tio personer runt söndagsbordet har haft naturlig avgång och vi är endast fyra från den gamla goda tiden. Men vi bjuder Arne och Anita E på lunch ofta vid jultid och de inbjuder oss till en sommardag på Orust. Vi har sådan tur att Anita C fortfarande har bil. I år var det Anita C, Lena och jag som en vacker sommardag for till Orust. För några år sedan var vi åtta personer i två bilar.

Orust har alltid räknats som Sveriges tredje största ö men numera räknas Nacka – Södertörn som en ö och Orust ligger på fjärde plats med Tjörn som femte ö i storlek. Jag hade aldrig varit varken på Tjörn eller Orust förrän jag flyttade till Göteborg 2004. På Tjörn ligger Akvarellmuseet och på Orust har jag som sagt vänner.

Arne och Anita E bor på andra våningen i en bostadsrätt och trappan upp till dem är brant. För de av oss som har svårt att gå utgör trappan en svårighet. Men i år hade vi listat ut att på baksidan av huset finns en trappa som inte är lika brant och delas på mitten av en avsats. Så den använde vi oss av. Både Lena och jag tog oss upp och ner för trappan. Det var som alltid när vi är där en solig sommardag även om vinden på deras stora balkong var sval.

I Ellös finns ett förnämligt bad med ramp och räcke, perfekt för pensionärer som har svårt att gå. Anita C och Lena ville bada. Man får gå ett par hundra meter för att komma till den anlagda badplatsen och Arne, Anita E och jag kunde följa dem på avstånd från balkongen när de vandrade i väg. Vi kontrollerade att de verkligen gick ner i vattnet och kom välbehållna upp igen. Det smärtar mig att jag inte längre vågar bada för det är något som jag verkligen har gillat. Först med bad varenda sommardag under mina barndoms somrar i Kämpinge, senare ett antal år i Frillesås på Västkusten och under tjugofem somrar i Medelhavet när vi vistades på Mallorca. Jag tycker om det salta vattnet som omsluter kroppen.

Arne är en duktig fotograf och gör för varje år en fotobok. Jag ber alltid att få titta på fotografierna, hur havet ser ut på vintern med snöstorm. Fotona som visar blåsippor på våren. Det är en bra och lättåtkomlig dokumentation av deras liv. Under ett antal år åkte de på kryssning varje år och då var det roligt att se vilka platser de hade besökt och även se bevis på livet ombord på de stora båtarna och när de satt vid kaptenens bord.

Jag småretas alltid lite med Arne eftersom han samlar vykort över Svenska Kyrkor och har en näst intill heltäckande samling, men han är inte medlem i Svenska Kyrkan. Det är däremot Anita E som sjunger i kyrkokören så Arne tvingas ibland att genomlida en och annan gudstjänst.

Vi får lunch hos dem, de lagar god mat och eftersom vi är på västkusten blir det färsk fisk. Dessutom sol och friska vindar och en luft som är mycket renare än den vi har i Göteborg.

Vi har besökt Arne och Anita E många gånger. Flera gånger har Ruth varit med och ett par gånger var också hennes systerdotter Wendy från Kanada där tillsammans med oss. En gång var Margret med men det var näst intill omöjligt för henne att ta sig upp för yttertrappan. Hon hade MS och svårt att gå. Det var på den tiden Roland levde och han hade också bil. Både Margreth och Roland har vi fått begrava. Döden är ständigt närvarande när man blivit så gamla som vi är. Därför uppskattar man vänskapen medveten om att livet inte är för evigt.

FÖRFATTARE, MANUSFÖRFATTARE OCH REGISSÖRER

Serien *Morden i Midsomer* grundar sig på böcker av författaren Caroline Graham som skrivit sju deckare med DCI Barnaby som chefsdetektiv. De fem första avsnitten i den första säsongen av Midsomer grundar sig på hennes fem första böcker. De två sista böckerna har inte filmats. Endast en enda bok, den första, finns på svenska i bokformat.

Produktionsbolaget fortsatte att spela in filmer med de roller som fanns i Caroline Grahams böcker. Olika manusförfattare fick i uppdrag att skriva en ny story. Så småningom byttes givetvis personer ut av olika anledningar. När en skådespelare, som spelar en speciell roll som till exempel Gavin Troy slutar, ersätts han av en annan skådespelare med ett annat rollnamn. Det är alltså aldrig två skådespelare som besätter samma roll vilket är brukligt i andra serier som exempelvis *The Crown*. Numera finns ingen av Caroline Grahams figurer kvar i serien. Hitintills har 132 filmer spelats in. Serien är inspelad för ITV som är en kommersiell tv-kanal i England.

Författaren Caroline Graham är född 1931 i Warwichshire ett grevskap i mellersta England där även William Shakespeare föddes dock fyrahundra år tidigare. Den underbara humoristiska serien *Skenet bedrar* är inspelad där men det är däremot inte *Midsomers Murders* som är inspelad i ett antal byar i Oxfordshire och närliggande områden.

Caroline Graham började efter skolan arbeta i en fabrik och gick sedan med i Royal Navy1953 - 1955. Därefter utbildade hon sig till skådespelare och tog en MA i teaterstudier. Hon har arbetat med radio och tv.

Den första boken *Killling of Badgers drift* (nr 1) utsågs av *Crime Writers association* till en av de hundra bästa deckarna och prisades av *Mystery Readers of America Macavity Award* som den första bästa mysterieromanen.

För att kunna hålla ordning på seriens avsnitt har jag numrerat dem. De anges i vanliga fall med säsong och avsnitt. Lista över samtliga filmer finns i slutet av boken där även en förteckning över manusförfattare, regissörer samt avsnittstitlar på engelska och svenska i bokstavsordning finns.

Ekholm & Tegebjers förlag i Sverige gav 2008 ut de första av Caroline Grahams böcker på svenska *The Killing of Badgers drift* (nr 1) i bokformat samt de tre följande i MP3: *Death of a Hollow Man* (nr 3) och *Death in Disguise* (nr 5) samt år 2009 *Written in Blood* (nr 2).

Författaren Caroline Graham skrev själv manus till *Death of a Hollow Man* (nr 3) men andra författare skrev manus till övriga avsnitt

Den manusförfattare som skrivit flest avsnitt är Andrew Payne som står för manus till elva avsnitt av *Morden i Midsomer*. Därefter kommer författaren David Hoskins som skriver framför allt för tv, han har skrivit manus till tio avsnitt. Peter J Hammond skriver också för tv och har en diger lista på verk som han skrivit manus till, han har skrivit nio avsnitt av *Midsomar Murder*s. Lika många avsnitt har Michael Ankins skrivit, han är författare och skådespelare.

Den författare som skrev pilotavsnittet 1997 *Morden i Badger's drift* (nr 1) som grundar sig på Caroline Grahams böcker var Anthony Horowitz (född 1955). Han är en erkänd engelsk författare med stor produktion. Han skrev även det andra avsnittet *Written in Blood* (nr 2). Båda filmerna är utsökt bra. Han skrev totalt sex avsnitt.

Horowitz skildring av livet i en liten engelsk by med särpräglade personligheter spelade av välkända skådespelare kom att avgöra kvaliteten på den långlivade serien *Morden i Midsomer*. När man ser avsitt på tv lever man sig in med invånarna, deras bekymmer och oro, misstänksamhet mot grannen och framför allt okända personer på besök i byn. Allt är vardagligt, nära och mänskligt.

Serien har regisserats av 26 personer. Tolv av dem har endast regisserat ett enda avsnitt men två har regisserat hela 22 avsnitt; det är Renny Rye och Peter Smith. De första tre avsnitten (nio totalt) regisserades av Jeremy Silberston som var född 1950. Han var god vän med Anthony Horowitz och de utvecklade tillsammans de två första Midsomerfilmerna vilket satte standarden på hela serien. De har också regisserat ett antal avsnitt i *Foyle's War* tillsammans.

Avsnitten är av olika karaktär och kvalitet. Jag har inte haft tid att i följd se de som en speciell manusförfattare eller regissör ansvarat för och att söka efter deras speciella stil. Filmernas struktur och ramar är desamma oberoende av manusförfattare men storyn kan vara mer eller mindre fängslande och trovärdig.

HISTORIEN OM DET LILLA LILLA PAKETET

Det var en gång en liten liten kartong. Solen sken och vimplarna i Örebro slog fram och tillbaka i vinden. Det var fredagen den 8 juli 2022 kl 19.12. Kartongen levde i en digital värld och tidsangivelserna var viktiga, vilket gjorde att han kände sig en aning mallig. Han var som sagt liten och fick kämpa med sina mindervärdighetskomplex. Där den lilla lilla kartongen befann sig fanns höga staplar med stora kartonger och lite mindre höga staplar med mellanstora kartonger. Så fanns det kartonger som var mindre än de stora men större än de mellanstora. Ja, det fanns verkligen många kartonger att välja på. Men den lilla lilla kartongen tänkte att trots att de andra lådorna var större hade de samma färg som han, en del var tjockare men det var inget att eftersträva. Så den lilla lilla kartongen som en dag skulle bli ett paket låg där platt som en pannkaka och tänkte på livet och undrade varthän han skulle få resa. Men tänkte han: inte liknar jag en pannkaka, jag är inte rund. När jag ligger platt i stapeln med små kartonger är jag kantig, jag består av fyra rektanglar och två kvadrater, den lilla lilla kartongen kunde sin matematik.

Han låg överst i stapeln och när det pep till i terminalen pirrade det liksom till i hela honom. Nu, tänkte han, nu är det min tur att få resa. En man kom fram och tog tag i honom och lade honom i en robot som gjorde honom tredimensionell. Den lilla lilla kartongen darrade av stolthet. Han var viktig trots att han var så liten. Han fick åka iväg på ett rullband och det gick i hisnande fart. Vid slutet av bandet stod en tant med en svart t-shirt på vilken stod Dosapoteket Örebro. Hon tog snabbt hand om honom och pressade ner en tjock rulle små plastpåsar, det var faktiskt sjuttio stycken. Det knakade lite i lådans sidor men det fanns tillräckligt med luft runt plastpåsrullen. Innan tanten med svart t-shirt fällde ner locket över honom hann han se att han skulle få resa till Göteborg till en tant som hette Margareta. För säkerhets skulle stod hennes namn på alla påsarna, där stod också dag, datum och klockslag. I en påse låg en tablett, i andra två och i var femte låg en hel hög med tabletter. De flesta var vita, många var små, ett par var avlånga och två var beige. Det lilla lilla paketet funderade över allt detta. Han sträckte på sig för han förstod att det var ett viktigt arbete han skulle utföra när han skulle göra den långa resan från Örebro till Göteborg.

Nu hörde han ett pip igen och förstod att de skickade en bild av honom så att tant Margareta skulle känna igen honom när han kom fram med sitt viktiga innehåll. På bilden står han på golvet bredvid en man som är 1,7 m lång. Själv är den lilla lilla lådan bara 7 cm hög och 13,5 cm bred men hela 17,5 cm på längden. Men han gillade inte teckningen för mannen på bilden pekar med hela handen ner på honom. Han kände sig nedvärderad. Dessutom har mannen på bilden fönat sitt svarta hår så det står upp i en våg över huvudet om det nu är hår och inte en mössa. Det kändes orättvist. Men den lilla lilla kartongen tog sig samman. Han skulle ut på äventyr och det var tur att han inte visste vilket förskräckligt äventyr det skulle bli. Det är bra att man inte kan se in i framtiden tänkte lådan förnumstigt.

Samtidigt pep det till i tant Margaretas telefon. Hon kollade på appen Postnord och läste att försändelsen var på väg fredagen, den 8 juli 2022 kl 19.12. För även tanter lever i en digital värld. Fyrtio minuter senare kom ytterligare ett pip i tant Margaretas iPhone, där stod samma sak att försändelsen var på väg. Men det svaga ljudet hörde inte tant Margareta eftersom hon satt framför tv:n med sina hörlurar för att se programmet Tilde som satt med sina gäster i en rosa soffa.

Den lilla lilla kartongen hade svårt att andas för här fanns kartonger av olika storlekar, vissa var hans kompisar i precis samma storlek som han men de flesta var större och de vräkte sig mot honom när bussen körde över ett gupp eller svängde upp på motorvägen. Den lilla, lilla kartongen gled fram och tillbaka på hyllan där den stod. Nu körde bilen jämnare och kartongen somnade till om nu en låda kan sova. Han väcktes av ett nytt pip men det gjorde inte tant Margareta som sov djupt under sitt påslakan med stora blåklockor. Men hade hon vaknat av pipet hade hon kunnat läsa att försändelsen var framme i Härryda 2022-07-09 04.34. Nu var det lördag och nu skulle inget hända före måndag morgon.

Lördagen gick för det lilla lilla paketet, som stod med de andra kartongerna i en stor hall. Där fanns andra för-packningar som inte var så fina som han. En del var långa och smala medan andra till och med var runda som en tunna.

Tant Margareta å sin sida intog sin frukost och försökte lösa ett sudoku men det ville sig inte, hon hade fastnat i siffrorna i de fem rutnäten som satt samman som en stjärna. Resolut reste hon sig, tog på en jacka och ett förkläde över det, drog på sig plasthandskar ur förpackningen som Hemtjänsten lämnat efter sig för flera år sedan när hon behövde deras hjälp. Det gjorde hon inte längre och hade inte en tanke på att lämna tillbaka den nästan tomma förpackningen med vita tunna plasthandskar. Hon gick ut på altanen för att plantera växterna som hon inköpt föregående dag på Fokus i Gårda. De fyra altanlådorna var färdiga för plantering. Åtta rosa pelargonier. Hon visste inte vad de hette, det var de sista som fanns kvar i affären. Fyra vitrosa blommor av en helt annan sort, begonior trodde hon, som hon egentligen inte tyckte om men vad gör man när hela våren, hela försommaren och en bra bit av sommaren passerat och altanen var ockuperad av stora tunga ställningar för takrenoveringen. Dagen innan hade de polska arbetarna klängt på ställningarna som apor, det hade sett livsfarligt ut. Men nu var ställningarna borta i alla fall från hennes altan efter ett halvt år och det var hon glad för. När planteringen var klar tog hon av handskar och förkläde, tog fram telefonen och tog ett foto som hon skickade till Lotta med texten "Är jag inte duktig? Jag är nöjd med resultatet." och minuten efteråt skrev Lotta: "Jättefint! Fanns allt det på Fokus?" Ja nu började hennes sommar, sent men i alla fall hennes sommaranvändning av altanen. Hon tog en bok och satte sig i soffan för att läsa och nu och då tittade hon på raden med blommor.

Tant Margareta hade fått ett litet problem. Samtidigt som hon köpte sina blommor på Fokus hade hon besökt apoteket för att ta ut en medicin som låg utanför hennes dos-medicinering. Tabletterna innehöll 2,5 mg kortison. Apoteket hade inte tabletterna i den styrkan. De fanns inte att beställa för de tillverkades inte längre. Margareta lade huvudet på sned och frågade med sin allra mjukaste röst om hon inte kunde få samma sort i 5 mg eftersom det på receptet stod 1 - 2 tabletter och hon alltid tog två. Det var en jättedum fråga, det förstod hon ju själv. Detta hände på fredagen. Ett nytt recept kunde hon få först på måndag.

Nu hade det blivit måndag, den dag då det lilla lilla paketet skulle få komma hem till tant Margareta. Hon visste att hon skulle få sitta och passa dörrklockan och eftersom hon endast hörde på ena örat skulle hon tvingas sitta i närheten av dörren där ringklockan satt. Men först måste hon ringa till vård-centralen och be om ett nytt recept och hon visste mycket väl att hon måste ringa strax efter halv åtta för att få kontakt med den. Så när väckarklockan ringde 07.30 störtade hon upp ur sängen, tog de tre stegen till skrivbordet där telefonen låg, tog upp den och ringde. Hon fick tidpunkten när vårdcentralen skulle höra av sig och hon kunde ta de tre stegen tillbaka till sängen och fortsätta att sova ytterligare en timme.

Den lilla lilla kartongen hade nu lastats in i bilen tillsammans med ett antal stora och små kartonger. Det var i alla fall det som tant Margareta trodde eftersom hon fått ett meddelande om att försändelsen skulle levereras på måndagen till hennes dörr. Så hon satt alltså där och väntade, hon läste, åt lunch hemma eftersom Tornhusets restaurang var stängd på sommaren, hon tog en promenad i lägenheten men vågade inte gå ut på altanen och betrakta sina blommor eftersom hon inte fick missa dörrklockans pinglande. Men inget ljud kom från dörrklockan under hela måndagen och var det lilla lilla paketet uppehöll sig vet ingen med säkerhet. Till slut när klockan var fem på eftermiddagen gav hon upp, tog en taxi till Fokus och hämtade ut sin medicin som vårdcentralens läkare skrivit ut recept på. Nu var det bara att ta en taxi tillbaka. Hon satte sig på rollatorn och ringde Taxi Göteborg.

"Taxi Göteborg. Behöver du stor taxi eller utrustad med barnstol säg ja eller nej"

"Nej!"

"Skall du åka nu. Svara ja eller nej."

"Ja!"

"Varifrån skall du åka?"

"Fokus i Gårda."

"Jag förstår inte vad du säger."

"Fokus i Gårda." (Så brukar hon säga och telefonisten brukar veta vad hon menar. Men nu var telefonisten en robot och han har inget förstånd.)

"Du skall ange en gatuadress till exempel Storgatan 27."

Men Margareta skulle inte åka från Storgatan 27. Hon visste inte vad gatan heter och om hon vetat det hade hon inte vetat numret på ett varuhus som ligger vid en park mellan flera gator som går hit och dit.

Så tant Margareta promenerade hem.

Hon satte sig med jämna mellanrum på rollatorn och vilade. Mängder med människor gick i motsatt riktning, familjer med glada barn och ensamma män och kvinnor. En liten åttaåring vid sin mammas hand tittade på tant Margareta och sade hej. Hon hade nog aldrig sett en tant med hatt sitta på en rollator. De skulle alla gå till Lotta på Liseberg.

Tant Margareta kom hem.

Hon var trött.

Inget litet paket.

Ingen signal beträffande den lilla lilla kartongen.

Men medicinen hade hon med sig hem och hon tog genast en tablett.

Det lilla lilla paketet låg ensam i ett hörn i den stora Postnordbilen och åkte hela vägen tillbaka till Härryda. Han var så trött efter att ha skjutits fram och tillbaka av de stora malliga kartongerna och chauffören hade inte en enda gång tittat på den lilla lilla kartongen.

På tisdagen skulle tant Margareta åka på utflykt till Orust, som inte längre är den fjärde största ön i Sverige utan den femte. Hon steg upp tidigt och hörde pip i telefonen som meddelade att försändelsen från Dosapoteket skulle levereras till dörren under dagen. Tant Margareta hade ingen möjlighet att inställa utflykten även om Orust inte längre låg på fjärde plats i listan av Sveriges öar. Hon åt sin yoghurt, tog sina tabletter, borstade tänderna och satte sig för att invänta tid för avresa. Det var tyst i lägenheten, ingen radio och ingen tv. Svagt skrammel från polackerna som tog ner metallställningarna utanför huset. Hon kunde inte lösa sudokun idag heller. Det retade henne. Då hördes ett pip i telefonen som meddelade: "Tisdagen den 12 juli kl 10.01. Det gick inte att leverera. Mottagaren kommer att få ett meddelande om var försändelsen kan hämtas." Chauffören hade tagit fram det lilla lilla paketet (så förmodade i alla fall tant Margareta), burit fram det till ytterdörren men inte slagit koden på rätt sätt och inte heller brytt sig om att ta fram telefonen och ringa tant Margareta trots att både kod och telefonnumret stod på paketets etikett. Så fick den lilla lilla kartongen hänga med till Härryda för en tredje gång och lastas om inne i terminalen och morgonen därefter lastas in i en ny bil, denna gång med målet ICA Fokus Gårda dit den skulle anlände följande dag. Tant Margareta fick ett sms-meddelande att hon kunde hämta ut försändelsen dagen efter. Hon suckade djupt men fördrev de ilskna tankarna på Postnord och for med glädje och två väninnor till Orust. Onsdagen den 13 juli 2022 klockan 09.08 anlände det lilla lilla paketet till Göteborg.

Så kom den stora dagen när tant Margareta kunde ta sin rollator, stiga in i Flexlinjens buss och åka till Fokus för att hämta försändelsen. Efter nästan en hel veckas resa skulle hon äntligen få ta den lilla lilla kartongen i sina mjuka händer. Klockan var 13.37. Paketet vägde inte mycket och det var verkligen litet.

Den lilla lilla kartongen var jublande glad när den äntligen kommit fram till rätt plats. Den lades försiktigt ner i en svart väska som stod i rollatorns korg. Där fick den sällskap av väldoftande mat och en bägare med frukt, några pennor och en liten kassabok. Den lilla lilla kartongen njöt.

Hemma hos tant Margareta fick den stå och vila sig på köksbänken, det var ljust och fint och precis bredvid den stod en liten vas med rosa nejlikor. Så småningom packade tant Margareta upp innehållet och kartongen kunde andas ut. Den hade fullgjort sitt uppdrag. Kanterna lossades och den lilla lilla kartongen var åter platt som en pannkaka men inte rund utan fyrkantig. Den lades dubbel och tant Margareta satte en gummisnodd om så att den inte skulle fläka upp. Hon Margareta är så rysligt ordningsam. Hon sade:

"Nu får du ligga stilla här under byrån tills Hemfrid kommer och tar ut dig till återvinningsrummet. Därifrån kommer du tillsammans med alla andra kartonger så småningom bli en ny kartong. Jag har bara ett liv och det lever jag nu. Men du kan få många liv och kanske till och med blir du en del av en stor kartong."

Men det ville inte den lilla lilla kartongen som vilar lugnt under byrån i Margaretas hall.

MUSIK I MIDSOMER MURDERS

I serien *Morden i Midsomer* förekommer en signaturmelodi som spelas i början och slutet av varje avsnitt. Det är en suggestiv vibrerande vals skriven av kompositören Jim Parker. Melodin förekommer även mitt i ett par tre avsnitt där den spelas av en blåsorkester, en skolorkester eller något liknande, den spelas då i annan takt och tonart än den ursprungliga signatur-melodin. Då och då förekommer i filmerna korta melodislingor eller en sång och de är nästan uteslutande skrivna av Jim Parker. Så är till exempel melodin *Rosa* som är dedicerad till skådespelaren Rosa Carmichael som brilliant spelar en försmådd skådespelare i *Death of a Hollow Man* (nr 3) ofta kallad Operamordet på svenska.

För övrigt förekommer ganska sällan musik som förstärkning av handlingen, den kan höras när någon jagas eller befinner sig i trångmål. Att ljudet i filmerna begränsas till vardagliga ljud som en knackning, en gnisslande grind eller fågelsång gör filmerna lugna och avkopplande. Dialogen är viktig och den hör man bättre om det inte är musik i bakgrunden.

Tom Barnaby spelar då och då grammofonmusik i sitt hem när han nostalgiskt plockar fram sina gamla skivor. Det gör även John Barnaby. I julavsnittet *Ghosts of Christmas past* (nr 35) som sändes i Sverige julen 2005 sjunger Tom Barnaby och hans familj av hjärtans lust med i julpsalmerna i kyrkan. En kör sjunger *Christmas Carols* utanför kyrkan medan folk skyndar mellan affärer. I *Death in Chorus* (nr 50) hålls en körtävling mellan kyrkokörer i två byar. När en av medlemmarna dött (mördats) hoppar DS Ben Jones in som tenor efter att Joyce Barnaby hört honom sjunga i duschen. Såväl Joyce som rättsläkaren George Bullard är medlemmar i kören men övriga medverkande är ordinarie medlemmar i Wallingfords (Caustons) kyrkokör.

Signaturmelodin är något speciell. Den är komponerad av musikern Jim Parker som är född 1934. Han har vunnit priset *British Academy Awards for Best Original Television Music* fyra gånger. Jim Parker har skrivit musik för flera musikgrupper samt över etthundra tv-program som *Huset Elliot*, *The History of Tom Jones* och *House of Cards*. Han spelade i början av sin karriär i olika Londonorkestrar men gick sedan över till att enbart komponera och dirigera.

Speciellt för signaturmelodin i *Midsomer Murders* är instrumentet theremin som konstruerades 1928 och fick namn efter sin konstruktör Leon Theremin. Det är ett elektroniskt instrument som styrs med en eller två antenner utan fysisk kontakt. Musikern Cecilia Sheen spelar theremin i *Morden i Midsomers* signaturmelodi. Det finns en video på You Tube där hon just spelar signaturmelodin på theremin. Hon för båda sina händer rytmiskt i luften bredvid antennen. På så sätt frambringas en ganska gäll tonbild av en vibrerande sopran som utgör själva melodin. Jag gillar egentligen inte ljudet som låter som när man spelar på en såg men det är så speciellt för serien *Morden i Midsomer* att jag alltid lyssnar på slutmelodin till sista ton. Cecilia Sheen levde under åren 1940 - 2011. Efter hennes död ersattes thereminen i *Midsomer Murders* av stråkar i avsnitt 82 och framåt.

I avsnittet *The Ballad of Midsomer County* (nr 102) förekommer ett par sånger med *The Nettlebed Collective*, som består av olika artister. Lucie Jonas sjunger en av sångerna komponerad av Seth Lakeman. *Nettlebed Folk Club* står för folkmusiken som förekommer i några filmer. Men till exempel sången *The Bold Grenadier* sjungs av *Cambridge Singer*s tillsammans med orkestern *London Sinfomia*.

Många av sångerna i Morden i Midsomer ligger separat på musiksidor på nätet som exempelvis YouTube och Spotify. Det kan vara värt att lyssna på dem. De är välskrivna, välspelade och har tilltalande melodier inte minst de som egentligen är variationer på signaturmelodin. I slutet av den här boken finns en lista över de sånger jag lyckats uppfatta och funnit kompositören till. Jag är medveten om att listan inte är fullständig. Filmernas eftertexter spolas så fort att jag inte hinner uppfatta detaljer.

PIANOKONSERT I TORNHUSET

För ett par veckor sedan lyssnade jag på en pianokonsert i musikrummet, här i Tornhuset. Jag har funderat mycket på hur man tar emot musik i kroppen. Jag har försökt att fråga vänner och bekanta men jag har inte lyckats formulera frågan på ett sätt så att man förstår vad jag är ute efter. (Jag har aldrig varit bra på att prata. Jag har ingen svårighet att hålla tal eller föreläsa men just samtalet och konversationen är inte min styrka.) Jag har nämligen en teori att man lyssnar på olika slags musik på olika sätt. Eller att kroppen tar emot musiken på olika sätt beroende på vilken musik det är. Vid den här konserten satt jag ytterst på stolsraden näst längst bak. Vi var cirka tjugofem seniorer i publiken. Ingen såg mig framifrån. Nu, tänkte jag, nu är tillfället att göra ett experiment. Det gick ut på att jag skulle blunda hela tiden och inte röra mig, inte ändra ställning, inte ens ett finger. Jag satt på stolen med båda fötterna på golvet och båda händerna på armstöden.

Pianisten, som heter August Holmgren, hade utlovat variationer i f-moll av Haydn, Nocturne i H-dur och scherzo i H-moll av Chopin samt en blandning av Bach och Godowsky respektive Strauss och Godowsky. August spelar utan noter, han har aldrig lärt sig. Mina vänner tycker att detta är mycket imponerande och förstår inte hur han kan komma ihåg allt utantill. Jag skulle nog säga att han mer på sitt eget sätt tolkar de olika kompositörernas stil och egenart (men det säger jag inte till någon i Tornhuset).

Vi har en flygel i musikrummet och locket var uppställt. Instrumentet var nystämt. August kunde verkligen ge sig hän och det gjorde han. Jag koncentrerade mig på musiken. Min teori var att man lyssnar på musik i hela kroppen men i olika delar beroende på hur den är komponerad och framförd. Den här kvällen togs musiken av Haydn emot i mitt huvud och ingen annanstans i kroppen. August spelade högt och länge. Publiken satt trollbunden. Musiken ekade i mitt huvud som om tonerna studsade oberäkneligt mot huvudskålen. Publiken var hänförd. Jag applåderade också för att inte väcka uppmärksamhet.

Chopins musik fanns inte i huvudet. Tonerna, takten, intensiteten flyttades ner till bröstet. Befriande. Jag känner inte till Godowsky (Leopold Godowsky var en polsk-amerikansk musiker. 1870 – 1938) och jag vet mig inte ha lyssnat till hans musik någon gång tidigare. Den här majkvällen i vår vackra salongsvåning omgiven av vänner och grannar, idel bekanta personer, lika gamla, en homogen grupp, hade jag svårt att identifiera mig med Godowskys musik. Strauss och Bach är välbekanta och omtyckta av mig men blandningen var svårförståelig för mina öron och min kropp. Nu slår det mig att jag sedan snart tjugo år är döv på höger öra vad nu det kan ha för betydelse i lyssnandet.

BACHKONSERT I KYRKAN

En tisdag i augusti såg jag i min almanacka att det var heliga Edith Steins dag. Hon var född 1891 i en judisk familj i Breslau i Polen men studerade först för Edmund Husserl i Göttingen och följde sedan med som hans assistent till Freiburg i södra Tyskland. Efter en period av trosförnekelse blev hon kristen och konverterade till Katolska Kyrkan. Hon disputerade i Freiburg på en avhandling i filosofi om empati *Zum Problem der Einfühlung*. Därefter sökte hon sig till Karmelitorden och förflyttades senare till Holland. Under Andra Världskriget tillfångatogs hon och fördes till Auschwitz, där hon avrättades och dog 9 augusti 1942, hon var då femtioett år gammal. Hon helgonförklarades 1998 av påven Johannes Paulus II och utsågs året därpå till ett av Europas skyddshelgon. Jag har, sedan jag lärt känna henne, varit intresserad av vad hon skrivit, speciellt om Varat och jag räknar henne som en av mina auktoriteter i trosfrågor.

Det skulle passa bra att åka till kyrkan på kvällen och jag beställde på appen taxi både dit och tillbaka. (Nu kände jag gatornas namn både varifrån jag skulle åka och vart.) Väl framme vid kyrkan läste jag på anslagstavlan att det efter mässan skulle hållas en konsert av motettkören och de skulle sjunga verk av Bach. Jag måste erkänna att det kändes som om jag fick en extra belöning eftersom jag tagit mig dit. Jag har ju gångsvårigheter, medicinerar och vill helst vara hemma. Både utflykten till Marstrand och till Orust tidigare i somras var verkliga äventyr. Så jag bestämde mig att stanna på konserten och annullerade hemresan.

Den folkhögskola som tillhör kyrkan anordnade en musikalisk sommarakademi under ledning av vår kantor Samuel Eriksson och kantorn i Stockholm Ulf Danielsson. Kören *Capella Sanctae Elisabeth* som skulle sjunga kommer från Göteborg. Det var den kvällen en motettkör med tolv personer, tre i varje stämma vilket gjorde sången fyllig. Kören sjöng *Lobet den Herrn, Jesu, meine Freude, Ich lasse dich nicht, du segnest mich denn* samt *Singet dem Herrn ein neues Lied.*

Jag gillar Bach och hans harmoniska kompositioner tilltalar mig. Kyrkorummet med sin akustik ger musiken en äkta ton, fyllig och mäktig. Det var en konsert som gick direkt in i mitt hjärta, den fyllda min kropp från hjässa till fötter.

Taxichauffören som körde mig hem frågade om jag varit på mässan och han berättade att han varit i kyrkan många gånger eftersom hans mamma tillhör den men nu är hon gammal och orkar inte gå dit.

Så kan det gå när man är oförberedd på vad man skall få uppleva. Ett par timmar som gav återklang långt efteråt.

KVÄLLSPROMENAD

Nu på sommaren är det ljusa kvällar och då passar det bra att ta en kvällspromenad i vår trädgård. Tornhuset upptar ett helt kvarter i stadsdelen Gårda i Örgryte församling. Huset består av nio hus som är sammanbyggda i U-form och omringas av gatorna Tritongatan, Fabriksgatan och Tomtegatan samt Mölndalsån. På så sätt blir trädgården inramad och i mitten finns en stor gräsmatta omgiven av häckar. Häckarna är planterade så att de bildar några bersåer där trädgårdsmöbler står. Därutanför finns stenlagda gångar så att man kan gå en runda eller två.

På ena kortsidan finns ett stenlagt rosenparti. Där växer på våren påsk- och pingstliljor. När sommaren kommer blommar ett stort parti lavendel, de doftar ljuvligt och bryter man av en blå blomma och smular den i händerna kan man smyga ner fröna i sin väska och behålla doften. De påminner mig om Sydfrankrike och de oändligt stora blå fälten och den intensiva doften på kvällarna i Narbonne där hotellet omgavs av lavendelrabatter. Rosor i flera färger har nu på sensommaren i vår trädgård fått sällskap av väldoftande liljor i stenpartiet. Doften slår emot mig när jag kommer gående och jag sätter mig mitt bland fägringen och låter tankarna vandra sina egna vägar.

På förmiddagen går Monika två-tre varv i trädgården med sin rollator. Hon har ingen huvudbonad men ljust lockigt välkammat hår. Hon tittat på blommorna och går några extra svängar på ett tiotal meter in i de hörn som bildas av huslängorna. I hörnet utanför redskapsboden växer ett stort bestånd med blå hortensior. Det varma och skyddade läget gör att de växt upp till ett buskage med fylliga blomklasar.

Moster Lotten i Kämpinge på Sveriges sydkust var lärare och fick till skolavslutningarna just blå hortensior som hon planterade utanför sitt hus i rabatten mot vägen som numera heter Mariavägen och är asfalterad. Men året därpå när hortensiorna blommade igen var blommorna röda. Det berodde på jordens sammansättning, sade man. Med åren blev det en hel rad med hortensiabuskar som slog ut innan vi lämnade paradiset i Skåne för hösten och skolstarten i Örebro.

Vid lunchtid kommer Thomas ut och går tre rundor i trädgården. Han går med stavar och har vegamössa. Efter ett varv byter han riktning. Han gör inga avstickare och tittar inte på blommorna. Han är liten, spenslig och har fyllt 92 år.

På kvällen vid sjutiden går jag mina rundor i trädgården även jag med rollator eftersom stenbeläggningen har satt sig, är ojämn och jag är rädd för att falla. Jag har en keps typ cap för att inte få den nedgående solens strålar i ögonen. Jag tar god tid på mig och använder rollatorn som stol. Först sätter jag mig och tar in kvällen. Stadens ljud har ebbat ut, fåglarna har bråttom att söka upp sina boplatser och korsar luftrummet i hög hastighet. Några talgoxar bor i häcken bredvid där jag sitter. Deras ständigt upprepade Chip, Chip får mig att tänka att de pratar och skvallrar med varandra. I slutet av juli har måsen fått en unge och den har växt upp till en klumpig tjock grå boll på två ben. Den flyger inte utan traskar runt i planteringarna och har en särskild fäbless för rosenpartiet. Jag ser inte till mamma mås men när jag närmar mig området kommer hon skriande och gör utfall mot mig. Det är obehagligt och jag avstår från att ta en paus i gåendet och sätter mig inte ner som jag brukar.

Jag tar många pauser under kvällspromenaden, jag låser rollatorn och sätter mig på sitsen och låter tankarna flyga som de behagar. Här känner jag mig fri, utan krav, och om någon granne tittar ut genom fönstret ser de mig sitta och njuta av livet.

En dag under sommaren blev jag uppringd av en barndomsvän Kerstin Söderlund (född Lagerqvist) som berättade att en annan barndomsvän Miriam Boström dött i cancer. Miriam var två år yngre än jag och våra familjer bodda vägg i vägg på Skolgatan 11 A i Örebro. Vi sjöng i samma flickkör med Eva Magnusson som ledare och tillhörde ungdomsgänget i Filadelfia. Jag var på hennes bröllop när hon gifte sig med John Ericsson. Miriam blev folkskollärare och tog kantorsexamen. Familjen Boström hade orgel men inget piano och Miriam fick gå ner till Örebro Missionens plenisal och öva. Min pappas arbetsrum låg vid plenisalen men han reste mycket i Sverige och jag förmodar att hon passade på när han var borta eller kanske den timmen när han åt middag med oss när vi kom hem från skolan. Han tog alltid en tupplur efter maten då han rätade ut ryggen och lade en cardigan bak och fram över bröstet. När jag tänker efter inföll Miriams övningstider efter pappas död. Barndomstiden är på sätt och vis tidlös, den är en sträcka av lekar med kamrater i skolan och kyrkan. På senare år hade Miriam och jag lite kontakt över nätet och telefonen. Hon skrev en bok om att vara ung i Filadelfia i Örebro på 1940 - 50 talet och jag har haft mina skriverier. År 2004 önskade en grupp av gamla Filadelfia-ungdomar bland annat Miriam och John som nu var pensionärer att komma till Katolska Kyrkan och jag hade möjlighet att berätta för dem om kyrkan och mina egna erfarenheter. Själva hade de gått över till Svenska Kyrkan. Även om jag inte var nära Miriam så känns saknaden och jag funderar på livet i allmänhet och mitt och hennes liv i synnerhet allt medan ljuden tystnar i Göteborg och jag sitter alldeles ensam bland blomsterprakten.

Jag tänker inte ofta på döden när jag sitter och vilar och när jag går mina kvällspromenader. Jag är. Det räcker. Det är nog. Det är en ynnest att kunna koppla av så helt att man endast är. Vinden är varm trots att det blåser nu på sommaren. Molnen stockar sig mot kvällen och solen sjunker bortom Mölndalsån och Ullevi. En flicka springer sin motionsrunda på gatan utanför och ett par killar åker förbi på elsparkcyklar. Det är semestertid och folktomt och med det breder tystnaden ut sig. Jag sitter på rollatorn och ett par som passerar på gatan tittar upp på mig, vad de tänker är betydelselöst. Jag har min värld och de har sin.

Så kommer ytterligare ett telefonsamtal denna gång från min dotter Lotta. Hennes faster Kajsa har dött i början av året, hon var den sista av Anders syskon. De var fem från början, tre pojkar och två flickor. Farfar och farmor gick bort för många år sedan då det fortfarande var nittonhundratal. De var födda på artonhundratalet och gamla båda två. Nu är det kusinerna kvar. Lotta berättar att dödsboet efter faster Kajsa nu är avslutat och hon har skrivit på och sänt papperna vidare med rekommenderad post. Men de har ett problem. Det är en av kusinerna som det inte går att få tag på. De har inte fått kontakt med Mats Lundberg, en månad yngre än Lotta och yngst i en syskonskara med fyra systrar. Mats är bosatt i Uppsala och har ingen familj. Det var många år sedan jag senast hade kontakt med Mats över Facebook. Vi skrev hälsningar till varandra men så dog det ut i sanden. Jag tänkte inte på att jag inte fick något svar eller kanske var det jag som inte sände något. Jag minns inte längre. Det var länge sedan jag tänkte på honom och jag är ju bara en ingift moster. Det fanns ingen anledning för mig att skicka julkort eller födelsedagsbrev. Både jag och Anders hade stora släkter. Man förmår inte hålla kontakt med alla hur gärna man än vill.

Vad gör man när man inte får tag på sin bror? Man åker dit för att söka och man får inget svar. Det finns en lägenhet med hans namn på dörren. Hans namn finns med på nätet i Birthday och Ratsit. Han finns. Men ändå finns han inte. Man kan inte göra något mer. Nu får Polisen göra resten. Mats begravdes i förra veckan i Bettna kyrka omgiven av sina fyra systrar och deras familjer samt kusiner. På våra blommor skrev Lotta *Vila i frid!* Aldrig har jag upplevt de orden så starka som nu.

MORDEN I MIDSOMER – UPPBYGGNAD

Alla avsnitt i serien *Morden i Midsomer* är disponerade på liknande sätt. Filmen börjar med en scen som antyder filmens tema och kontext; ibland med dov musik, en tävling om byns vackraste trädgård, en luffare som bor i skogen, skolbarn på en skolgård eller vad nu temat kan vara. Det är inte alltid helt enkelt att förstå. Många gånger visar de här första bilderna ett historiskt skeende eller en händelse som skolbarnen upplevde och som får konsekvenser i deras vuxna liv. I filmen *Judgment Day* (nr 12) får man se en liten flicka mörda sin barnvakt. En ryslig händelse som får återverkningar femtio år senare. Det är först i upplösningen när man sett hela filmen som man förstår sambandet.

Först efter inledningen kommer signaturmelodin med filmens namn, huvudrollsinnehavarnas namn (Barnaby och hans DS), och gästskådespelarnas namn. Scenen visar byn och ett flertal gånger kommer en kvinna cyklande med en flätad cykelkorg på styret, en sådan jag hade som tonåring. Någon gång är korgen av större modell och kallas då *Butchers Basket*.

Filmen börjar ibland i Barnabys hem när de äter frukost och DCI Tom Barnaby tar sin portfölj och tidning, kysser sin fru och åker iväg. Ibland kommer hans DS och hämtar honom och upplyser honom om att ett mord skett. Ibland kommer detektiverna först till brottsplatsen men ofta har rättsläkaren hunnit dit och kan ge upplysningar om vem offret är och hur det i stort sett gått till.

Det blir Barnabys uppgift att söka upp de anhöriga och berätta om mordet som skett. Han frågar om det förekommit hot och osämja, om familjeförhållanden, släktskap och grannskap. Byns pub är en given plats att sprida ryktet om vad som hänt och både vi och Barnaby börjar få namn på misstänkta personer. Grannsämjan är inte alltid så god som den ger sken av att vara. Barnaby och hans DS börjar utredningen genom att söka upp och fråga ut släkt och vänner, bekanta och ovänner. Det finns alltid människor som medvetet eller omedvetet ger ledtrådar. Detektiverna går från en vacker *cottage* till en annan, de hittar dem de söker klippande rosor i trädgården eller läggande blommor på en grav. Miljön är enkel, påtaglig, vardaglig och färgrik. Människorna är välklädda och männen är ofta klädda i skjorta och pullover. En del bjuder på te och kakor eller rent av en whiskey som Barnaby konsekvent tackar nej till medan hans DS gärna förser sig med en kaka (framför allt händer det med DS Gavin Troy). Filmen har ett tema men där finns flera inneslutna små berättelser som aktualiseras av händelseutvecklingen.

När Barnaby med sitt samtal kommer för nära den misstänkta förvärras situationen och ytterligare ett eller flera mord sker. Stämningen eskalerar, människor blir rädda, de pratar med varandra och blir misstänksamma mot andra. Ibland får fru Barnaby höra ett rykte när hon deltager i en kurs, målar akvarell på *the green* eller assisterar vid en utställning. Barnaby tror inte på de enkla förklaringar som hans medarbetare ger. Han går till biblioteket och letar efter trådar i arkivet. Släkterna i byn är gamla och har levt där flera hundra år. Barnaby gör utfrågningar, lyssnar på byskvaller, upptäcker släktförgreningar och gamla oupphörade oförrätter alltmedan byns invånare blir räddare, försäger sig och antyder sådant som för Barnaby kan bli en ledtråd.

Efter många bilresor, flera mord, promenader genom den idylliska byn och meningsutbyten på puben klarnar bilden och man förstår att ett gripande närmar sig. Både vi och DS-n tror att nu kommer en viss person att arresteras men i slutögonblicket vänder Barnaby sig till en annan person och anklagar denna för morden. Ibland blir det jakt genom salonger, byggnader, tak och kyrkan. Andra gånger sker anhållandet helt stilla och stilenligt där brottslingen med rak rygg går och sätter sig i polisbilen. Är det en kvinna (vilket det inte sällan är) händer det att hon ber att få byta kläder och vaktad av en kvinnlig polis stiger hon ut ur huset som en riktig lady. Någon gång är förklaringarna till morden så komplicerade att Barnaby får ta en promenad med sin DS och förklara motivet, det är inte en bra film.

Filmerna slutar alltid med att vi återkommer till Barnabys hus där Tom och Joyce går till sängs i sina fina nattkläder, mörkblå välstruken pyjamas och vitt nattlinne (utom en gång när Joyce fryser och lånat en av hans pyjamasar, det gillar inte Tom). Eller där John och Sarah grillar i trädgården och Sykes snappar åt sig korvarna och DS Jamie Winter flirtar med rättsläkaren Kam. Allt är i sin ordning. Jag kan pusta ut. Allt är lugnt, fridfullt och normalt. Jag behöver inte vara rädd. När allt kommer omkring så finns Midsomer inte på riktigt.

Först därefter tonar signaturmelodin ut och jag lyssnar till sista ackordet innan jag knäpper av tv-n.

FIKA ELLER AFTERNOON-TEA

När Barnaby och hans DS besöker olika hem i Midsomer tillfrågas de ofta om de vill ha te. Om de tackar ja kommer värdinnan med vackra blommiga tekoppar, tekanna och ett kakfat i tre våningar på en bricka. Oftast serveras teet i riktiga kaffekoppar men ibland används muggar särskilt när de dricker te i köket. De sitter annars i soffgruppen i vardagsrummet. Det är sällan närbild av kakfatet men ibland poängteras att de gjort smörgåsar, den vanliga engelska typen med en trekant. *"Take this, it is cucumber"*, alltså gurka.

Absoluta toppen visas i första avsnittet *The Killing of Badgers Drift* (nr 1) när Dennis Rainbird kommer in med en tevagn överfylld av de mest utsökta bakverk och sandwiches utstansade i spelkortens former. Dennis är begravnings-entreprenör och har ett listigt flin som retar gallfeber på DS Gavin Troy (de är i samma ålder). Scenen blir inte sämre av att mamman, Mrs Rainbird, spelas av den paranta skådespelaren 68-åriga Elisabeth Spiggs. Hon säger att hon är en ivrig fågelskådare men i verkligheten spionerar hon och sonen på grannarna i byn och ägnar sig åt utpressning. Dennis, som är begravningsentreprenör, har en Porsche med nummerskylten RIP. Dennis Rainbird spelas av Richard Cant.

Vid marknadsstånden på byns *green* presenterar damerna alltid *Victorian spanish cake* som är en typ av sockerkaka.

När jag var på rektorsutbyte mellan England och Sverige dracks kaffe och inte te. I skolorna fick man kaffe utan tilltugg på rasterna. Jag har aldrig druckit så mycket kaffe som den veckan! Och inte ett enda *Afternoon Tea* blev jag bjuden på!

Jag drack aldrig *Afternoon Tea* när jag var i England vilket jag varit två gånger, en gång som ledare för en grupp elever från Vialundskolan och den andra gången rektorsutbyte mellan Örebro län och Bedfordshire. Däremot har jag druckit *Afternoon tea* två gånger i Göteborg. Vid ett tillfälle var Ulla från Falun och jag på Dorsia hotell. Vi fick in var sin liten tekanna med gott te. (Jag tyckte den var så trevlig så jag köpte på nätet en svart tekanna till Lotta och en röd till mig själv. De såldes av Löfbergs Lila.) Vi fick in ett kakfat med tre våningar där det låg *finger sandwiches*, scones samt nätta kakor av typ makroner och tryffelchoklad. En annan gång var Berit och jag på Le Pain Francais på Avenyn. Idén var densamma men här var tillbehören klumpiga och stora, kanterna på brödet var inte bortskurna och det var småkakor och stora bakelser. Det blev helt enkelt för mycket utan stil och elegans. *Afternoon Tea* är känt sedan 1840-talet och serveras mellan tre och fyra på eftermiddagen, menyn varierar men består i stort sett av *finger sandwiches* och *pastries*.

Under den gångna sommaren har jag inte heller bjudits på te däremot kaffe med tilltugg så kallad fika. Vid ett tillfälle hade Rangela och jag ett par saker att avhandla i vårt bibliotek och hon hade med sig kaffe i TV-kanna och alldeles nybakade kanelbullar direkt från ugnen. Kaffe och kanelbulle är min favoritkombination speciellt på förmiddagen. På efter-middagen passar en kaka bättre.

Berit är duktig på att bjuda på fika i trädgården och hon varierar vilka hon bjuder så att man får träffa olika grannar. En annan gång ringde Elisabeth O och frågade om vi kunde dricka kaffe i trädgården och hon hade med kaffe och kex.

Jag har en väninna i huset som heter Yvonne och vi har målat akvarell tillsammans i några år. Yvonne hör lika dåligt som jag gör men vi gillar varandra ändå och i sommar har hon både bjudit på lunch hemma hos sig och fika i trädgården. Vi var från början en akvarellgrupp på sex-sju personer men de har tyvärr försvunnit från oss. Yvonne har under sommaren prenumererat på Svenska Dagbladet och när hon läst den har hon stoppat ner den i min brevlåda. Under sommaren har det gått en läsvärd serie om kända personer som har skrivit självporträtt till exempel Petra Mede och Anna Bergman. Häromdagen rekommenderade Berit en artikel av Anders Hansen om Artificiell Intelligens. Han tillhör inte mina auktoriteter men det kan ju vara intressant att fundera på datorers fenomenala förmåga. När jag första gången på 1960-talet såg den första datorn i ett rum med komponenter från golv till tak på Bofors i Karlskoga kunde jag inte föreställa mig datorernas utveckling till att bli ett så personligt redskap som iPhonen i min hand.

Nu undrar ni nog om jag bjudit igen de som gjort min sommar social och trivsam. Och nej, jag får skamset erkänna att jag tänkt men inte gjort det. Det har varit för blåsigt eller regnat, det har inte passat dem eller mig. För någon har jag nämnt mitt sommarprojekt i lite dimmiga ordalag för andra har jag tigit om det. Men en eftermiddag i augusti tog jag fram en flaska äppelmust och mazariner och bjöd det gamla biogänget, Berit, Britt och Elisabeth M i trädgården. Det var en underbart solig och varm kväll med trevlig savaro.

Ingrid Wilsby bor inte i Tornhuset. Jag har känt henne från första dagen i läroverket och vi pratas vid näst intill varje dag. En lördag bestämde vi oss för att äta lunch på Lilla London på Avenyn. Jag beställde bord och vi kom med var sin taxi. Det var mycket folk både på restaurangen och på

Avenyn. Gothia Cup pågick och turister från olika hörn av världen flanerade förbi glasväggen där vi satt. Ett gäng på väg till en svensexa spelade pajas framför oss. Två gamla damer som går mot nittio års ålder, välklädda, hon med sitt blonda vita vällagda hår och jag med hatt. Inte kunde vi ana den där höstdagen 1947 att vi sjuttiofem år senare skulle sitta och prata över en lunch. Livet är förunderligt.

En vecka senare var det tid för Ingrid och mig att mötas igen. Vi skulle gå på bio. Ingrid hade med en väninna som jag sett tidigare men inte var bekant med. Vi skulle återigen komma med var sin taxi. Ingrid med rollator och jag något försiktigt utan.

Jag hade förbeställt min taxi och den kom på utsatt tid. Chauffören visste vart den skulle köra och jag bekräftade att jag skulle åka till Götabion. Biljetterna för oss alla tre hade jag i min väska. Det tog inte många minuter att åka till Avenyn, jag betalade och gick ur taxin framför en biograf. Dörrarna var inte öppna men en dörrhalva stod öppen med ett rep som markerade att ingen skulle gå in där, nedanför trappan satt en man och lästa tidningen. Jag hade gott om tid och eftersom jag har svårt att stå en längre stund satte jag mig på en soffa och tittade på gatulivet. Klockan gick och strax efter klockan ett (filmen skulle starta 13.15) gick jag fram till den öppna dörren och frågade varför de inte öppnade. "Vi öppnar klockan fem" var svaret. Jag ruskade på huvudet. "Men på biljetten står det 13.15" fortsatte jag. "Du skall till Göta. Det ligger där borta." Jag stod utanför Roy! Chauffören hade släppt av mig på fel adress och jag hade inte märkt det trots att jag så väl känner till både biograferna Roy och Göta! Vilken film vi såg? Downton Abbey! Återseendets glädje där alla rollinnehavare fanns med och alla fick varandra på slutet. Den gamla miladyn Grantham dog i filmen. Maggie Smith som spelar den gamla

skarptungade men förtjusande damen är lika gammal som
Ingrid och jag.

VERKLIGHETENS MIDSOMER

Serien *Morden i Midsomer* är inspelad i England framför allt inom ett område mellan London och Oxford. Det fiktiva området kallas *Midsomer County* som i avsnittet *The Ballad of Midsomer County* (nr 103). Där finns ett antal bevarade byar med äldre bebyggelse som ger filmerna sin specifika och tilltalande karaktär långt från de flesta deckare som är inspelade i gråa fabriksområden och till största delen visar *talking heads* alltså några detektiver som sitter på ett kontor och pratar. Det är den genuina miljön som gör *Morden i Midsomer* till en omtyckt serie som har kunnat visas om och om igen under tjugofem års tid.

Byarna har i filmerna fått andra namn som till exempel *Badgers drift*, *Lillte Worthy* och *Great Worthy*, *Midsomer Prada*, *Fetchers Cross*, *Upper Warden*, *Lower Warden* och *Little Anhem*. Det allra första avsnittet heter *Morden i Badgers drift* vilket också är titeln på Caroline Grahams första bok i serien. De fiktiva namnen nämns som hastigast i förspelet eller anges på skyltar. Förmodligen är filmerna inspelade på flera platser och områden. Ett antal orter i mellersta England marknadsför sig genom att visa husfasader som skymtat i ett Midsomeravsnitt och gör reklam för sig i lokala broschyrer och guideböcker. Entusiaster åker på turistresor till områden där inspelning skett och får se hus med halmtak, *The Green* och flodkanten av *The Thames* där roddtävlingar hållits.

Huvudorten i *Midsomer County* är *Causton* och scener därifrån är inspelade i orten Wallingford, som ligger vid floden Themsen söder om Oxford. Ett av avsnitten heter *The Lions of Causton* (nr 120) vilket anspelar på ortens cricketlag. Wallingford är en historisk plats som Oliver Cromwell på sin tid förstörde. Som kuriosa kan nämnas att Agatha Christie bodde i staden under fyrtio år. I Wallingford finns en teater (*Playhouse*) som är inspelningsplats för flera avsnitt. I *Death of a Hollow Man* (nr 3) sätter en regissör upp *Amadeus*. Fru Joyce Barnaby har rollen som en piga i pjäsen. Hon skall bära in en bricka med en rakkniv till huvudpersonen. När han sätter kniven mot strupen är den utbytt mot en omaskerad kniv och skådespelaren skär strupen av sig och segnar död ner på golvet. I en annan film kommer Barnaby till teatern för att se sin dotter spela. I foajén finns en utställning med foton från äldre föreställningar och Barnaby känner igen en av dem som förhörts i det aktuella fallet och finner alltså ledtrådar där. *Midsomer Worthy Choir* består av medlemmar från *Wallingford parish Choir* som medverkar i tre avsnitt när de sjunger julsånger och vinner en körtävling. Runt *The Market Place* i Wallingford har flera scener spelats in. På torget finns exempelvis en scen där Cully Barnaby väntar på sin pappa med biljetter till en föreställning i *Causton Playhouse*. Tom Barnaby är som så ofta försenad och han sänder istället DS Gavin Troy, vilket får Cully att rynka på näsan. Gavin är totalt obildad och har aldrig varit på en teater. När Barnaby skjutsar sin dotter till teaterlektioner berättar hon om sin kontakt med regissören Simon Fletcher som är uppväxt i Midsomer och på tillfälligt besök i Causton. Han är givetvis en av de inblandade i brottet. *Wallington Bridge* förekommer i ett par avsnitt av serien. Bron är gammal och har byggstenar från trettonhundratalet.

Causton är huvudort i Midsomer, det är dit man åker för att handla men den som säger sig ha handlat där hela onsdagen ljuger eftersom affärerna är stängda på onsdag eftermiddag. Det är dit skolbarnen åker för att gå i skola, det är där polisstationen ligger och där båda familjerna Barnaby bor.

Dorchester on Thames är en mycket gammal hållplats när man i gamla tider reste mellan London och Oxford. Förr fanns där ett tiotal gästgiverier numera finns endast två. *The George Hotel* har använts som pub bland annat i avsnittet *Maid in Splendour* (nr 33). Puben som i filmen inte är lukrativ skall göras om till restaurang vilket innebär att de gamla *locals* inte får komma in. De sätter upp en skylt som säger "Arbetskläder inte tillåtna". Den gamla gubben i avsnittet spelas förtjänstfullt av skådespelaren Freddie Jones.

Mittemot *The George Hotel* finns en portal från 1495. Den skymtar i ett par avsnitt men man får ha ögonen öppna för filmkameran sveper snabbt förbi. För att upptäcka sällsynt-heterna måste man se avsnitten flera gånger. Postkontoret med sin glasrutefasad är numera nerlagt men exteriören används i filmerna. Dorchesters museum finns med i *Morden i Midsomer* likaså dess kyrka som i avsnittet *Master Class* (nr 78).

I flera avsnitt spelas cricketmatcher och då spelas filmerna in i Warborough strax söder om Dorchester. Det finns en stor allmän plats, *a Green*, där man spelat cricket i tvåhundra år. I mitten av 1800-talet skulle cricketklubben läggas ner men den räddades av kyrkoherden *reverend* Herbert White år 1853 vilket anges på en plakett på klubbhuset som säger att han *"saved the green from Goths and Utilitarians"*. I *Market for Murder* (nr 22) kommer Tom Barnaby och Gavin Troy med bil sneddande in på cricketplanen medan en match pågår vilket inte var populärt.

I byn Mapledurham finns en kvarn som används i avsnittet *The Fisher King* (nr 31). Där bodde en av byborna

Nathan Green som spelades av den kände skådespelaren Jim Carter, som spelade butler i Downton Abbey.

Byn Turville dateras från år 796 i *Anglo Saxon Chronicle* och är platsen för flest filminspelningar i England. Byn är känd från serien *Vicar of Dibley* eller Ett Herrans liv om den kvinnliga prästen Geraldine Grange (spelad av Keeley Hawe) som vänder upp och ner på alla gamla traditioner i byn bland annat det helt makalösa kyrkorådet. Den här serien ser jag på så fort det finns möjligheter. Jag skrattar lika gott varje gång.

Det här var några exempel på de orter där serien är inspelad. Jag vill här tacka en av mina lunchkompisar Anita C som tog med broschyrer hem till mig när hon var på resa i de här Midsomertrakterna.

MIN ÄLSKADE ALTAN

När jag för nitton år sedan flyttade från Örebro (att säga att jag kom från Kumla var ett socialt handikapp och det försökte jag mörka) till Göteborg och in i Tornhuset valde jag mellan tre lägenheter. En var en liten trea inklämd i ett hörn med adress Fabriksgatan 35 (Styrelsen för bostadsrättsföreningen Torn-huset försökte för ett antal år sedan att ändra Fabriksgatans namn hos Gruppen för namngivning av gator. De som bodde i Tornhuset ville inte bo på Fabriksgatan!). Jag gillade inte planlösningen och tyckte att lägenheten var mörk. En annan ledig lägenhet var en tvåa identisk med den jag köpte men den låg på femte våningen på Tomtegatan. Det var fri utsikt över hustaken, ljust och fint. Lägenheten var välhållen men jag kände mig instängd som i en fågelholk högt över marken och träden. Jag valde en lägenhet på nedre botten. Det var lätt att komma in i lägenheten som låg mittemot ytterdörren. Utanför de stora fönstren växte ett parti buskar som visade sig vara azaleor och rhododendron.

När jag såg på lägenheten tillsammans med Lotta, det var Stig-Erling som hittat den, hade jag med måttstock och kompass. Jag hade placerat de möbler jag tänkte ta med på mina stora mattor för att få en uppfattning om hur stor plats de skulle ta. Nu kunde jag lägga ut måttstocken i mattornas storlek och såg att de skulle få bra plats. Sedan gick jag ut på altanen och kollade läget med kompassen. Det var norrläge! Men altanen var stor, fjorton kvadratmeter, fem större än balkongerna högre upp i huset. Jag tycke om lägenhetens planlösning, fönstren efter hela sidan i det stora rummet och läget med hela den stora trädgården framför mig. Det var som att bo mitt i trädgården. Jag har inte en enda gång ångrat mitt val av lägenhet.

Flyttlasset kom till Göteborg den 15 mars 2004. Det var fortfarande kallt även om jag tyckte att jag flyttat ner till våren. Allteftersom dagarna gick inspekterade jag Tornhuset i sin helhet och min altan i synnerhet. Den är omgiven av min lägenhet på två sidor och har ett träräcke på de andra sidorna. När jag började sitta ute upptäckte jag att de som bodde i husen vid sidan hade full uppsikt över mig. Jag brydde mig inte. Men under den första sommaren upptäckte jag en man som bodde en trappa upp faktiskt i just den lägenheten som jag tittat på och ogillat. Han var handikappad och satt i rullstol, han hade en permobil som han förflyttade sig med. Men han fick inte åka till restaurangen med den så han satt i sin lägenhet dagarna i ända. En tyst och fridfull lördagseftermiddag hörde jag ett starkt oljud. Mannen skrek långa haranger med svordomar. Jag lystrade och tänkte: Stackars hemtjänstflicka som skall ta emot det där utbrottet. Det fortsatte med oförminskad styrka och till sist insåg jag att han kommenterade en fotbollsmatch.

Då fick jag tag på en snickare som satte upp en spaljé på altanens kortsida mot grannarnas balkonger. Jag planterade murgröna och röda Flammentanzrosor och redan året därpå började de växa mot höjden. Numera har jag en tvåmeter hög vägg med ständigt gröna växter. Murgrönan har kvävt rosorna men de blommade tacksamt i många år.

På altanräcket ut mot trädgården skruvade min svärson Stig-Erling upp fyra balkonglådor där jag på våren planterar penséer som sedan byts ut mot pelargonier. I år kunde jag inte plantera mina blommor förrän långt in i juli eftersom det stod byggnadsställningar på altanen då de lade om taket på hela Tornhuset.

Stig-Erling – må han vila i frid – skaffade vita hyllplan och träkilar så att jag fick horisontella fönsterbrädor på utsidan av fönstren. De hyllorna fyller jag på sommaren med min stensamling som fick följa med flyttlasset till Göteborg. Det är ortoceratiter från Yxhult, speciellt intressanta stenar från Mallorca och stenar med uppseendeväckande form och färg som jag samlat på mig.

På en smal tegelvägg mellan balkongdörr och ett fönster sitter en fågelholk med en tygpippi som jag fått av Ulla, min väninna i Falun. I år har en oförskämd kraftig murgrönekvist växt upp och förbi fågelholken. Grenen är helt fristående från rotsystemet. Den måste ha slingrat sig under fönsterbrädan på något lustigt sätt. Den får vara en tid till. Min murgröna växer som ogräs och jag måste tukta den varje år.

På den andra fönsterbrädan ställer jag fram mina *Crazy Ducks*. Det är gummiankor i fantasifulla former. Min lilla lägenhet gör att jag inte kan ha dem framme. Jag gillar dem väldigt mycket!

Jag har ett runt bord med fyra stolar, som jag köpte första året på Bondgårdsgatan. Gruppen är över femtio år gammal. På den lägger jag en duk med vaxad yta, det gör inget om det regnar (balkongen ovan ger mig tak över drygt halva altanen). För några år sedan köpte jag en rottingsoffa där jag kan ligga och läsa. Allt detta gör att jag kan ha sju-åtta gäster på glass-kalas.

Så fort temperaturen stiger över femton grader på våren börjar jag sitta på altanen. Jag har inte svårt att roa mig och om jag inte bara sitter och njuter av livet så kanske jag blåser såpbubblor, spelar UpWords med mig själv med egenhändigt formade protokoll, läser en bok eller bearbetar mina idéer. Bäst är det när Lotta och Mimmi kommer på fika. Då dukar jag med mitt finaste porslin och då är jag som mest lycklig!

TJUGO ÅR MED MIDSOMER – REFLEKTIONER

Vad är det som gör att jag vecka efter vecka tittar på *Morden i Midsomer* med så stor behållning? Jag har sett alla avsnitten inte bara en utan flera gånger. De har gått på olika kanaler i tv men inte alltid i säsongsföljd. Jag har varit hänvisad till en till synes slumpvis följd av avsnitt men varje avsnitt är en avslutad historia så det spelar inte så stor roll. Man måste inte se dem i följd. Det är först i sommar som jag på ett noggrant sätt dokumenterat säsonger och avsnitt. Men jag har tyvärr inte hunnit med allt, det finns fler fakta att söka, till exempel hur många mord som skett i varje avsnitt och om det är en kvinna eller man som utfört de cirka totalt fyrahundra morden. Jag har inte antecknat vilka byar avsnitten är inspelade i. Det kunde också vara intressant att noggrannare syna de filmer en viss regissör eller manusförfattare skrivit samt vilka skådespelare som gästspelat.

Det har hitintills sänts 22 olika säsonger av *Morden i Midsomer* i tv och de har sänts flera gånger. Säsongerna består i regel av fyra, fem eller sex avsnitt. Men ett par säsonger består av sju eller åtta avsnitt och en till och med av tio avsnitt. Det är säsong åtta som sändes i Sverige 2005.

Det finns totalt 132 avsnitt inspelade. De har visats i England från 1997 på den kommersiella kanalen ITV och i Sverige från 2000 på olika kanaler. Serien har visats över hela världen men Sverige är ett av de länder som tagit till sig serien mest.

Jag har ett tjugotal DVD-skivor men i sommar har jag hittat samtliga filmer på Via Play vilket gjort att jag fått mer kunskap och information om enstaka filmer än när jag på måfå sett ett avsnitt på lördagskvällen. I sommar har man på onsdag kväll sänt säsong 22 på kanal tre. På kanal åtta sänds två avsnitt i följd på lördag kväll och på söndagskvällen ett avsnitt från en annan säsong. Det innebär att man en kväll sett Tom Barnaby och nästa kväll John Barnaby tio år senare.

Den allra första filmen *Morden vid Badgers drift* var ett pilotavsnitt och räknas egentligen inte in i säsongerna. Dessutom gick ett separat julavsnitt *Ghost of Christmas past* (nr 35) i svensk tv julen 2005. Det är ett bra avsnitt, värt att se flera gånger. Att man förmodligen minns vem som är mördaren ger extra spänning genom att följa den personens agerande genom hela filmen.

Vad är det då som gör att jag tycker att Morden i Midsomer är värda att se och att ses om igen?

Främst är själva konceptet lyckat. Filmerna är till största delen inspelade i dagsljus och som regel på sommaren. Det är grönt, det är ljust, det är lummigt och vackert och i denna miljö rör sig välklädda och väluppfostrade människor, skötsamma (?) och de allra flesta är medelålders eller pensionärer. Det är en helt igenom positiv värld trots hat, hämndlystnad och avundsjuka som ligger fördolt under ytan när något oförhappandes rör upp gamla minnen. Gamla släktfejder ligger och gror under århundradena. Morden är logiska, de kan förklaras och alla mord blir lösta (utom ett där förklaringen klipptes bort, jag vet dock icke i vilket avsnitt). Förövaren åker fast eller tar livet av sig. Det är ingen kriminalitet och meningslöst våld, även om det ibland utdelats ett tiotal knivhugg, vilket tyder på en rasande aggressivitet mot någon som gjort dem illa.

När man följer en karaktär som till exempel Tom Barnaby eller John Barnaby i film efter film lär man känna karaktärerna. Personerna måste vara konsekventa i sina roller och i sitt handlande. De avslöjar sina olater men också sin förmåga att visa styrka trots sin vänliga och mänskliga attityd. De och deras stab blir personligheter som man känner igen och gläds med när de lyckas i sitt uppsåt och känner medlidande med när de misslyckas i en situation. Brottsutövaren behandlas humant och det känns skönt.

I varje avsnitt finns kända skådespelare med, vilket gör att de biroller de spelar görs på ett professionellt och storartat sätt. Detta ger filmen ett otroligt lyft. Jag känner inte namnet på så många engelska skådespelare men jag känner igen dem till utseendet. Eftertexten rullar med en sådan hastighet att jag inte kan fånga upp skådespelarnas namn. Eftersom befolkningen i Midsomer till stor del är pensionärer är också skådespelarna det och man har i filmerna engagerat åtskilliga pensionerade aktörer vilket ger ett glatt återseende.

De byar där Midsomer är inspelade har pittoreska hus, *cottages*. Där finns korsvirkeshus och vitrappade hus men de flesta är röda tegelhus. Så gott som alla är i ett och ett halvt plan och har tegel- eller halmtak. När en cyklist kör genom byn visas en rad med hus exteriört, ofta med kyrkan i bakgrunden. I många fall har byn en allmänning, en *green*, där det hålls marknader, tävlingar, traditionsenliga bål och spelas cricket. Förutom kyrkan är puben en given miljö i filmerna.

Men det är inte bara exteriörerna som är tilltalande. Det är fint att kunna titta in i de ofta överbelamrade köken och i vardagsrummet se fåtöljer och soffor med virkade plädar framför brasan. Då och då finns herrgårdsmiljöer med tjocka väggar och jakttroféer på väggarna. Men det jag själv betraktar mest med glädje är de blyinfattade fönstren och ytterdörrana. Det är så typisk engelsk cottagestil. Jag bara älskar den.

Trädgårdarna är prunkande och älskade. När Barnaby letar efter ett vittne att förhöra träffar han inte sällan på dem i trädgården där de gräver eller klipper gräsmattan, ansar rabatter och sållar bland rosorna. Och man sörjer med ägaren när en del av trädgården demolerats eller ett päronträd sågats ner som hämnd.

För att en film i Morden i Midsomer skall vara bra bör den innehålla en enkel historia som är logisk och lätt att förstå. Om det är alltför många personer inblandade kan det vara svårt att skilja dem åt och man tappar tråden i historien. Det är som i böcker, de får inte heta alltför lika och man måste kunna skilja dem åt utseendemässigt. När Barnaby och hans DS i bilen eller på promenaden utvecklar långa och krångliga teorier då är filmen inte bra. Man skall själv ha en chans att gissa sig till förövaren och mordens motiv.

Av över etthundra filmer finns givetvis många bra filmer och sådana som är tråkiga, tjatiga och omöjliga att följa. Skådespelarna räddar många historier genom sitt agerande. Miljöerna likaså. Men jag har betygsatt en handfull filmer med enbart en etta (max är fem poäng). Filmen har inte tilltalat mig.

Personligen tycker jag bättre om Tom Barnaby än John Barnaby. Bådas familjer är trevliga att umgås med. Jag är särskilt förtjust i hunden Sykes som har en unik karaktär och ett förtjusande uppförande. Jag tycker de senare säsongernas kvalitet inte når upp till förväntningarna. Miljöskildringarna är sämre och historierna är tråkigare. Men familjen John Barnaby är trevlig och den senaste rättsläkaren Fleur Perkins är en stjärna, hon gör detektiverna mållösa när hon kommer farande på sin motorcykel.

I varje film finns en huvudlinje, ett mord begås och som följd av vidareutvecklingen följer ett andra och tredje mord. De ses inte ha med varandra att göra förrän Barnaby på slutet har funnit det underliggande motivet. Det vanliga vardagslivet pågår och i det utspelar sig små historier som inte har med huvudmotivet att göra men ger karaktär och atmosfär åt filmen. Där finns en torr lågmäld engelsk humor som lockar fram ett leende åtminstone hos mig och man kan också finna ett stråk av satir.

Klädkoden är med ett ord: välklädd. Detektiverna bär kostym med slips. Kommer DS:n någon gång utan slips får han genast en reprimand av Barnaby. För övrigt är herrarna som regel klädda i tweed med skjorta, slips och en pullover. Kvinnorna har klänningar eller kjol och blus. Man ser en tydlig skillnad på olika klasser. Arbetarna har givetvis arbetskläder och ungdomar har sin egen stil. Men klädseln känns naturlig och det är inget kostymdrama, ingen är uppklädd förutom när man firar gamla hedniska riter eller har sammankomster i Jane Austens anda.

Jag har i sommar roat mig med att poängsätta de filmer jag sett mellan ett och fem, där fem är det högsta betyget. Där finns ett par filmer som fått fem+ och det finns avsnitt som fått en etta. Det måste till en intressant historia, vacker miljö, personligheter och några trevliga små incidenter för att få mitt godkännande.

31 AUGUSTI 2022

Utdrag ur dagboken:

" Onsdagen den 31 augusti 2022. Vit molnig himmel. Det är full verksamhet i trädgården. Jobbarna sätter upp ställningar för takreparationen på huslängan mot Tomtegatan. Det hörs ett metalliskt ljud. De bär ljusa neonfärgade gröna västar, kortbyxor, tröjor med korta ärmar och har svarta hjälmar på huvudet. Dessutom arbetar grannarna i trädgården. De klipper häckar och ansar i rabatter. De är ute två timmar men har en kaffepaus klockan 11 när de äter en smörgås som restaurangen gjort i ordning. De är elva-tolv stycken som minglar runt i vår stora trädgård.

Mina pelargonier är vackra på altanen. Jag har åtta stycken. Jag ger dem näring och det märks att de gillar det. Det har också varit varmt och det är en förutsättning för att de skall växa och blomma.

Nu har jag bara ett par sidor kvar i läsecirkelboken, *Shuggie Bain* av Douglas Stout. Läste på Google att författaren bor på Manhattan, han ägnar sig åt design och är gift med en man. Douglas Stout är från Skottland och boken handlar om en liten pojke som växer upp i Glasgow. Boken är gripande och man blir förtvivlad över hur dåligt ställt mamman och de två pojkarna har det. Bokcirkeln i Tornhuset har hållit på i sjutton år och det är den 152-dra boken vi läser nu, eller skall jag säga att jag läser den. Jag är den enda medlemmen som är kvar från början och det var jag som tog initiativ till bokcirkeln. Vi bestämde oss från början att köpa pocketböcker så att alla kunde ha sin bok. Jag köper fortfarande dem i pocket men flera av de nyare medlemmarna lyssnar på boken eller lånar från stadsbiblioteket. Jag har en anteckningsbok (den tredje i ordningen nu) där jag antecknar bokens författare och titel, vem som valt den och är värd för kvällen samt givetvis datumet för kvällen och en kort resumé.

Manuset (den här boken) går framåt, sakta, sakta.

Idag serverades kummel i restaurangen

Tänker gå på bio och se *Där kräftorna sjunger* på lördag, har frågat Ingrid om hon vill gå med men hon tycker det är svårt att klara sig med rollator utan hjälp.

Idag visas filmen *Pakten* i vårt bibliotek. Den handlar om Karen Blixen. Såg den i våras på filmfestivalen men jag skall se om den.

Funderar på när hösten börjar. Förr var det kring 20 - 25 augusti när skolorna började. Den meteorologiska hösten infaller när dygnsmedeltemperaturen understiger $+10°$. Men vi talar om sensommar, brittsommar och indiansommar och det är väl först när trädens löv blir gula och börjar singla ner till marken som man verkligen känner att det är höst; i alla fall här i Göteborg där träden är gröna mycket länge. Adjö och Amen."

TITLAR I NUMMERFÖLJD

Engelsk titel Svensk titel[2]	ITV SVT	Säsong Avsnitt	manusförfattare regissör
1. The Killing of BadgersDrift Mordet i Badgers Drift	1997 2000	Pilot- avsnitt	Anthony Horowitz Jeremy Silberston
2. Written in Blood Skrivet i blod	1998 2000	1/1	Anthony Horowitz Jeremy Silberston
3. Death of a Hollow Man Operamordet	1998 2000	1/2	Caroline Graham Jeremy Silberston
4. Faithful into Shadow Trogen in i döden	1998 2000	1/3	DouglasWatkinson Baz Taylor
5. Death in Disguise Förklädd död	1998 2000	1/4	DouglasWatkinson Baz Taylor
6. Death´s Shadow Dödens skugga	1999 2000	2/1	Anthony Horowitz Jeremy Silberston
7. Stranger´s Wood Stryparskogen	1999 2000	2/2	Anthony Horowitz Jeremy Silberston
8. Dead Man´s Eleven Mordplanen	1999 2000	2/3	Anthony Horowitz Jeremy Silberston
9. Blood will out Blodshämnd	1999 2000	2/4	Douglas Wtkinson Moira Armstrong
10. Seath of a Stranger Okänt offer	1999 2000	3/1	Douglas Livingstone Peter Creegen
11. Blue Herrings Villospår	2000 2000	3/2	Hugh Witemore Peter Smith
12. Judgement Day Domedagen	2000 2000	3/3	Anthony Horowitz Jeremy Silberston
13. Beyond the Grave Bortom graven	2000 2000	3/4	Douglas Watkinson Moira Armstrong
14. Garden of Death Dödens lustgård	2000 2001	4/1	Chrstoffer Russell Peter Smith
15. Destroying Angel Hämndens ängel	2001 2001	4/2	David Hoskins Davic Tucker
16. The Electric Vendetta En elektrisk hämnd	2001 2002	4/3	Terry Hogkinson Peter Smith

---

[2] De svenska titlarna kommer från DVD och Google

ENGELSKA TITLAR I BOKSTAVSORDNING

A Dying Art	108	2016	18/4
A Rare Bird	89	2012	14/8
A Sacred Trust	88	2011	14/7
A Tale of Two Hamlets	27	2003	6/4
A Talent for Life	24	2003	6/1
A Vintage Murder	104	2015	17/4
A Worm in the Bud	23	2002	5/5
Bad Tidings	30	2004	7/2
Bantling Boy	39	2004	8/6
Beyond the Grave	13	2000	3/4
Birds of Prey	28	2003	6/5
Blood on the Saddle	76	2010	13/3
Blood Wedding	60	2008	11/1
Blood will out	9	1999	2/4
Blue Herrings	11	2000	3/2
Breaking the Chain	107	2016	18/3
Country Matters	49	2006	9/6
Crime and Punishment	112	2017	19/2
Dance with the Dead	52	2006	10/1
Dark Autumn	18	2001	4/5
Dark Secrets	83	2011	14/2
Days of Misrule	65	2008	11/6
Dead in the Water	37	2004	8/4
Dead Letters	45	2006	9/2
Dead Man´s Eleven	8	1999	2/3
Death and Dust	56	2007	10/5
Death and the Divas	92	2013	15/3
Death by Persuation	115	2018	19/5
Death of a Hollow Man	3	1998	1/3
Death of a Stranger	10	1999	3/1
Death of the Small Coppers	118	2019	20/2
Death´s Shadow	6	1999	2/1
Destroying Angel	15	2001	4/2
Down Among the Dead Men	47	2006	9/4
Drawing Dead	119	2019	20/3
Echoes of the Dead	84	2011	14/3

Faithful into Shadow	4	1998	1/4
Fit for Murder	81	2011	13/8
For Death Prepare	131	Ej sänd	22/5
Four Funerals and a Wedding	48	2006	9/5
Garden of Death	14	2000	4/1
Ghosts of Christmas Past	35	2004	8/2
Habemas Corpus	105	2016	18/1
Happy Families	129	2021	22/3
Harvest of Souls	110	2016	18/6
Hidden Depths	41	2004	8/8
Judgement Day	12	2000	3/3
King's Crystal	54	2007	10/3
Last Man Out	113	2017	19/3
Last Year's model	51	2006	9/8
Left for Dead	62	2008	11/3
Let us Prey	97	2014	16/2
Market for Murder	22	2002	5/4
Master Class	78	2010	13/5
Midsomer Life	63	2008	11/4
Midsomer Rhapsody	43	2004	8/10
Murder by Magic	103	2015	17/2
Murder of Innocence	91	2012	15/2
Murder on St Malley's Day	21	2002	5/3
Not in my Backyard	80	2011	13/7
Orchis Fatalis	38	2004	8/5
Painted in Blood	26	2003	6/3
Picture of Innocence	57	2007	10/6
Red in Tooth and Claw	114	2017	19/4
Ring Out Your Dead	20	2002	5/2
Saints and Sinners	109	2016	18/5
Sauce for the Goose	42	2004	8/9
Scarecrow Murders	130	2022	22/4
Schooled in Murder	95	2013	15/6
Second Sight	40	2004	8/7
Secret & Spices	69	2009	12/3
Send in the Clowns	122	2020	20/6
Show at Dawn	61	2008	11/2
Sins of Commission	32	2004	7/4

Small Mercies	71	2009	12/5
Stranger´s Wood	7	1999	2/2
Tainted Fruit	19	2001	5/1
Talking to the Dead	66	2009	11/7
The Animal Within	53	2007	10/2
The Axeman Cometh	55	2007	10/4
The Ballad of Midsomer County	102	2015	17/2
The Black Book	68	2009	12/2
The Christmas Hunting	96	2013	16/1
The Creeper	72	2010	12/6
The Curse of the Ninth	116	2018	19/6
The Dagger Club	101	2015	17/1
The Dogleg Murders	67	2009	12/1
The Dark Rider	90	2012	15/1
The Electric Vendetta	16	2001	4/3
The Fisher King	31	2004	7/3
The Flying Club	99	2014	16/4
The Ghost of CaustonAbbey	117	2019	20/1
The Great and the Good	73	2010	12/7
The Green Man	29	2003	7/1
The House in the Wood	44	2005	9/1
The Incident of Cooper Hill	106	2016	18/2
The Killings of Badgers Drift	1	1997	1/1
The Killing of Copenhagen	100	2014	16/5
The Lions of Causton	120	2019	20/4
The Made-to-Murders	74	2010	13/1
The Magican´s Nephew	64	2008	11/5
The Maid in Splendour	3	2004	7/5
The Minature Murders	124	2020	21/2
The Night of the Stage	87	2011	14/6
The Noble Art	79	2010	13/6
The Oblong Murder	85	2011	14/4
The Point of Balance	123	2020	21/1
The Sicilian Defence	94	2013	15/5
The Silent Land	77	2010	13/4
The Sleeper under the Hill	86	2011	14/5
The Slitch	70	2009	12/4
The Sting of Death	125	2021	21/3

SVENSKA TITLAR I BOKSTAVSORDNING

Att bryta kedjan	107	2016	18/3
Balanspunkten	123	2020	21/1
Balladen från Midsomer County	103	2015	17/3
Behåll kroppen	105	2016	18/1
Bered dig för döden	131	2021	22/5
Blod på sadeln	76	2010	13/3
Blodsbröllop	60	2008	11/1
Blodshämnd	9	2000	2/4
Bortom graven	13	2000	3/4
Brott och straff	112	2017	19/2
Byn som återuppstod	111	2017	19/1
Chokladasken	59	2007	10/8
Dansa med de döda	52	2007	10/1
De döda guldvingarna	118	2018	20/2
De söker honom här	58	2007	10/7
Den gröna mannen	29	2003	7/1
Den mörka ryttaren	90	2012	15/1
Den store och den gode	73	2010	12/7
Den svarta boken	68	2009	12/2
Den ädla konsten	79	2011	13/6
Det dödliga sticket	125	2020	21/3
Det sicilianska försvaret	94	2013	15/5
Det tysta landet	77	2010	13/4
Djuret inom dig	53	2007	10/2
Dolda avgrunder	41	2005	8/8
Dolkklubben	101	2015	17/1
Domedagen	12	2000	3/3
Dyrbar orkidé	38	2005	8/5
Död och aska	56	2007	10/5
Död och drömmar	25	2003	6/2
Dödad av toner	50	2006	9/7
Dödad i gryningen	61	2008	11/2
Döden i krypfilen	82	2011	14/1
Döden och divorna	92	2013	15/3
Dödens lustgård	14	2001	4/1
Dödens skugga	6	2000	2/1

Klätterväxten	72	2010	12/6
Kungens kristall	54	2007	10/3
Lejonen i Causton	120	2018	20/4
Liket under bar himmel	86	2011	14/5
Livet i Midsomer	63	2008	11/4
Livet i miniatyr	124	2020	21/2
Livsfarlig konkurrens	42	2005	8/9
Låt oss jaga	97	2014	16/2
Lämnad att dö	62	2008	11/3
Magikerns brorson	64	2008	11/5
Marknad för mord	22	2002	5/4
Med blodad tand och klo	114	2017	19/4
Midsomer rapsodi	43	2006	8/10
Mord medelst magi	102	2015	17/2
Mord och Rock´n Roll	55	2007	10/4
Mord på Saint Malleys dag	21	2002	5/3
Morden i Badger Drift	1	2000	1/1
Morden i Köpenhamn	100	2014	16/5
Mordet i en fyrkant	85	2011	14/4
Mordplanen	8	2000	2/3
Mystiska väsen	36	2005	8/3
Målat i blod	26	2003	6/3
Mörka hemligheter	83	2011	14/2
Nionde symfonins förbannelse	116	2017	19/6
Okänt offer	10	2000	3/1
Operamordet	3	2000	1/3
Oskuldens död	91	2012	15/2
Oskyldigt porträtt	57	2007	10/6
Ring ut era döda	20	2002	5/2
Rovfåglar	28	2003	6/5
Siste man på plan	113	2017	19/3
Skicka in clownerna	122	2020	20/6
Skolad i mord	95	2013	15/6
Skrivet i blod	2	2000	1/2
Skrivet i stjärnorna	93	2013	15/4
Skräddarsydda mord	74	2010	13/1
Skämd frukt	19	2001	5/1
Skörd av själar	110	2016	18/6

MANUSFÖRFATTARE

REGISSÖRER

MUSIK

Titel	Avsnitt	Kompositör
A Roving	18	Jim Parker
Agnus Dei	3	Jim Parker
An Irish Boy	13	Jim Parker
Ancient Room	5	
Blood Bed Roses		Nettlebed
Bunny Cakes		
Cambridge		Jim Parker
Cully´s tune	4	Jim Parker
Daisy Bell		Harry Dacre
Discovery of Dead Body	2	Jim Parker
Driving Home		Jim Parker
Fairground		Jim Parker
Haunted Rooms	1	Jim Parker
Hunting		Jim Parker
Isobel	16	Jim Parker
Johnny has gone for a Soldier		Nettlebed
Libera Me	3	Jim Parker
Looking for Clues	3	Jim Parker
Madonna´s staty	3	Jim Parker
Magic Pipes		Jim Parker
Meeting in the Dark	4	Jim Parker
Merrily Kissed the Quaker´s Wife		Nettlebed
Midsomer Murders		Jim Parker
Midsomer Murders Folk Theme		Seth Lakeman
Midsomer Murders Theme		Jim Parker
Milking Time	7	Jim Parker
Pagan Ceremoni		Jim Parker
Postman		Jim Parker
Rosa	3	Jim Parker
Roulette		Jim Parker
Sarah´s Lament	5	Jim Parker
The Alcoholic Fox-Trot	5	Jim Parker
The Ballad of Midsomer County	102	Lucie Jones
The Bold Grenadier		Clarke Peters
The Commune	5	

The Golden Vanity	Nettlebed Col
The Lake	Jim Parker
The Sloe/Bonny Kate	Nettlebed CoThe
Village Band	Jim Parker

Böcker av Margareta Björndahl:

Labyrinten, Personliga funderingar kring Sixtinska kapellets tak, 2008, B4PRESS, Göteborg
Peregrini, roman, 2009, B4PRESS, Göteborg
Biblia Pauperum, Medeltida bilder med text ur Bibel 2000, 2010, B4PRESS, Göteborg
Apokalypsen, Medeltida bilder med text ur Bibel 2000, 2012, B4PRESS, Göteborg
Flickläroverk och Universitet, Vi följdes åt, 2014, B4PRESS, Göteborg
Möjliga och omöjliga människor, korta noveller, 2015, BoD, Stockholm
Kalejdoskop, En tankebok, 2017, BoD, Stockholm
Mamma Signes handväska, 2017, BoD, Stockholm
Målarbok med medeltida bilder, 2020, BoD, Stockholm
Sub Rosa, roman, 2020, BoD (Fortsättning på Peregrini)
Sommar med Midsomer, essäer, 2023, BoD, Stockholm

I samarbete med mina bröder Ingwar Ahlbäck och Per-Gunnar Ahlbäck:

Algot Ahlbäck Vår pappa, 2018, BoD, Stockholm
Signe Ahlbäck Vår mamma, 2020, BoD, Stockholm